야구
예찬

야구예찬

야구바보
정운찬의
야생야사
이야기

정운찬 지음

야구는
대사가 없는 드라마다

서울대 졸업, 미국 박사에 교수, 서울대 교수와 총장, 국무총리.

많은 이들이 나의 이력만 보고 내가 유복한 환경에서 꽃길을 걸어온 사람으로 오해한다. 하지만 나는 질곡의 시대를 살았던 우리 시대의 사람들이 그렇듯 꽃길이 아닌 자갈밭에서 가난과 좌절을 충분히 겪고 성장했다. 남들은 화려하게 보는 공인이 된 후에도 숱한 오해와 고통을 감내해야 했다.

그럴 때마다 주변에서 나를 돕고 축복해준 은인들도 많았지만, 곰곰 지난 삶을 반추해보면 나는 야구를 하며, 혹은 야구를 보며 많은 환희를 느꼈고 그 어느 책들보다 큰 지혜와 위로를 얻었다. 아직도 야구 경기가 열리면 가슴이 뛰고 내가 응원하는 팀의 승패에 따라 한숨을 쉬고 탄성을 지르기도 한다.

물론 요즘은 인터넷과 스마트폰 등 SNS가 발달하고 야구동호회, 청소년야구팀 등 야구가 대중화되어서 어지간한 야구 사랑과 관심으로는 명함을 못 내미는 형편이기는 하다. 회사에 월차를 내고 야구장을 찾거나, 밤늦게 집에 들어와 스포츠중계 프로를 돌려보며 야구 경기를 분석하는 이들은 수두룩하다. 이런 취미 수준이 아니라 거의 종교의 차원으로 들어선 이도 있다. 올초 오랜 역사와 전통을 지닌 프로야구팀 하나가 심각한 연패에 빠지자 인내를 외치며 목탁을 두드리는 팬도 있었고, 자신의 응원팀이 승리하면 "하나님 감사합니다"를 외치며 무릎 꿇고 기도하는 이들도 있다.

남녀노소를 열광케 하는 야구라는 마약이 주는 중독은 어디에서 오는 것일까.

골수팬 수준의 야구광들은 아마 자기 삶의 이야기를 꺼내지 않고서는 자신의 야구 사랑을 온전히 설명해내기가 쉽지 않으리라. 부모의 손을 잡고 호기심 어린 눈으로 마주친 야구장의 체험, 파릇파릇한 20대의 어느 날 봤던 그 짜릿한 경기, 숨도 제대로 못 쉬게 더운 날 벼락같이 솟아오르던 홈런의 쾌감… 삶의 일부를 채우는 이 경험들이 차곡차곡 쌓이다 보면 야구를 빼고는 자신의 인생을 설명하기조차 어려운 경우가 생길지도 모른다.

"야구는 대사가 없는 드라마"라는 말이 있다. 나는 이 말에 공감한다. 그러나 이 말은 다소 오해의 소지가 있다. 야구 경기의 드라마틱한 전개가 선사하는 쾌감과 환희에 초점이 맞춰져 있지만, 사실 어느 스포츠나 극적인 승리나 패배가 주는 감동과 좌절은 다 있다. 가파른 기승전결보다 오히려 잔잔하게 흐르는 일상과 같은 힘이 야구에 있기에 우리는 드라마의 주인공에게 자신을 대입하듯 감정을 이입하는 건 아닐까.

야구라는 스포츠는 우리 삶과 참으로 닮아 있다. 특히 프로야구는 시즌 중 100경기를 훨씬 넘게 치르기 때문에 승리와 패배는 항상 존재하고 선수들 역시 추락과 반등을 거듭하며 한 해를 버텨낸다. 오늘 이겼지만 바로 내일 패할 수 있고 오늘 추락했어도 내일 솟아오를 수 있다. 그렇게 수많은 기쁨과 좌절, 행복과 고통 속에서 묵묵히 결승전까지 걸어가는 스포츠가 바로 야구다. 이 오르내림 속에서 전해지는 가장 분명한 메시지는 이것이다. "오늘 이기든 지든 시즌은 계속된다." 마치 우리의 인생처럼…

우리는 환상을 기대하며 드라마를 보지만 드라마는 결국 이 시대를 사는 우리들의 모습을 그대로 보여주는 거울이기도 하다. 내가 야구에 빠져드는 것은 야구와 빼닮은 나의 삶 때문이며 그렇기에 나에게 야구는 대사가 없는 드라마다.

돌이켜보면 내가 좋았던 시절에도, 나빴던 순간에도 야구는 항상 내 곁에 있었다. 어린 시절 골목에서 배트를 휘두르던 때에도, 숨 막히는 가난과 암담한 미래로 답답한 가슴을 움켜쥐던 시절에도, 고립무원의 미국 유학 시절에도, 교수와 총장, 국무총리로 바뻔 나날을 보내던 시절에도 우리 팀이나 내가 응원하는 팀들은 무수히 이기고 졌다. 그러면서 야구는 내 인생사에서 빠뜨리기 어려운 일부가 되어버렸다.

어떤 것이라도 50년 이상 사랑해왔다면 그것에 대해 하고 싶은 이야기가 생기고 말할 자격도 있다고 생각한다. 이런저런 자리에서 야구 얘기를 입에 올리다보니 주위에서 야구에 관한 책을 내보라는 권유를 자주 받았다. 그러나 나는 야구를 좋아할 뿐이지 그에 관한 내 지식이나 정보는 변두리를 벗어나지 못한다. 야구의 역사나 주요 경기, 유명 선수들과 그들의 기록 등에 관한 전문가들도 많고 메이저리그가 열리는 현지에서 그것만 취재하는 야구 기자들도 많다. 더구나 우리 야구나 메이저리그의 역사를 소개한 책들도 많이 출판되어 있는데, 전문가도 아닌 내가 책 하나를 더 얹을 깜냥이 안 된다는 사실을 알기에 늘 겸손을 빙자한 거절을 해왔다.

그러나 야구가 온전히 야구라는 스포츠로만 존재하는 것이 아니라 일상과 맞닿아 있는 삶의 기록 중 하나라면 꼭 야구 박사나 전문가가 아니어도 야구 얘기를 쓸 수 있다는 생각이 들었다. 그리고 이제는 어린이들은 물론 여성팬들도 많아져 전국의 야구장이 가득 찬 모습을 보면서 전 국민의 사랑을 받는 야구에 내 삶의 구비구비를 담아 소개해도 좋겠다는 욕심도 생겼다.

오랜 기억을 되짚다보니 당시의 구체적인 상황이나 기록에 대해서는 자신없는 대목도 있다. 인터넷이나 각종 자료를 뒤적여 오류를 최대한 줄이려고 노력했지만 여전히 불분명한 부분이 많다. 그저 야구 기록이나 정보라기보다 야구에 얽힌 에피소드들을 내가 전하려는 주제를 위한 소품으로 여겨주시길 바란다.

알게 모르게 참고한 국내외 언론사의 야구 관련 기사와 다양하면서도 수준 높은 야구 서적들이 이 책의 길라잡이 역할을 했다. 이 자리를 빌려 야구 기사를 쓴 기자님들, 그리고 야구 서적을 펴낸 저자분들께 깊이 감사드린다. 무엇보다 내 아들딸과 아내는 물론 나와 야구장에서 같이 울고 웃던 분들께도 감사의 마음을 전하고 싶다.

이 책을 준비하는 과정에서 각종 자료수집과 정리를 위해 힘쓰신 이규동 씨와 집필 단계에서 여러 가지 조언을 아끼지 않으신 박종열 선생께 사의를 표한다. 서울대 사회교육과 이미나 교수, 서울대 경제학부 김영식 교수는 책을 더 좋게 만드는 데 크게 기여하셨다. 이성찬 씨(비아스타), 윤태식 씨와 서울대 산업경제세미나 코스의 송하늘(경제학부), 김민성(지리학과) 두 학생도 많이 도와주었다. 끝으로 서울대 야구부 1승과 관련해서 장태진 씨(SK텔레콤)의 도움이 아주 컸음을 밝혀둔다. 이분들 모두에게 크게 감사한다. 재미있는 야구 대담을 해주신 야구여신 김민아 아나운서에게도 고마운 마음이 크다.

2013년 10월 정운찬

차례

野 球

1장

동네야구에서
메이저리그까지

禮 讚

메이저리그
마운드에 서다

스코필드 할아버지의 선물

캐나다 토론토의 로저스센터. 1989년에 만들어진 세계 최초의 개폐식 돔구장으로 본래는 스카이돔으로 불리다가, 2005년 캐나다 대표 통신사인 로저가 지금은 캐나다 유일의 메이저리그팀인 토론토 블루제이스를 인수하면서 현재 이름으로 바뀌었다. (물론 당시에는 내셔널리그에 캐나다팀인 몬트리올 엑스포스가 있었다. 그러나 최근 워싱턴 내셔널스로 이름을 바꾸어 미국의 수도 워싱턴 D.C에 둥지를 틀었다.) 수용 인원 5만 명 규모의 이 구장은 대개 블루제이스의 홈구장으로 야구경기가 열리는 곳이지만, 우리가 흔히 미식축구라고 부르는 풋볼 시즌에는 풋볼경기가 열리는 다목적 구장이다. 신생팀인 블루제이스는 90년대 초에 월드시리즈를 두 번이나 석권했지만 그 후로는 조용했다.

2012년 6월 1일 오후 6시, 로저스센터에는 부슬비가 뿌렸다. 궂은 날씨에도 곧 시작될 보스턴 레드삭스와의 경기를 관람하기 위해 관중들이 끊임없이 들어왔다. 그 시각, 나는 'CHUNG'이라는 내 이름과 등번호 77번이 새겨진 블루제이스 유니폼을 갈아입은 채 몹시 흥분되고 설레는 마음을 감추지 못했다. 꼭 3개월 전, 3월 1일 JTBC에 출연했을 때 버킷리스트를 묻는 질문에 큰 의미를 두지 않고 "기회가 되면 메이저리그에서 시구를 하고 싶다"고 대답했는데, 오래지 않아 그 꿈의 실현이 바로 눈앞에 다가왔기 때문이다. 사실 그 꿈은 오래전부터 꾸어왔던 것이다. 그랬다. 영예롭게도 이날의 시구자는 바로 나였다.

4월 초였다. 내 사무실로 전화가 한 통 걸려왔다. 캐나다에 있는 스코필드 박사 추모재단 후원회의 부이사장인 김만홍 목사였다. 스코필드 박사는 일제강점기인 1916년 연세대 의대의 전신인 세브란스의전 교수로 우리나라에 건너와 1920년에 일제에 의해 캐나다로 강제 추방되었다. 그리고 1958년에 다시 한국을 찾아와서 1970년에 작고하실 때까지, 한국의 독립운동을 돕고 교육과 자선사업을 통해 나눔과 사랑을 실천하신 분이다. 세상을 떠나는 순간까지도 당신의 마지막 책 한 권, 구두 한 켤레까지 주위 사람들에게 나누어주셨고, 많지는 않으나 전 재산을 보육원과 YMCA에 헌납할 정도로 헌신적인 삶을 사셨다. 나 역시 등록금이 없어 중학교 진학을 고민했던 시기에 스코필드 박사님의 도움을 받았고, 그 후 할아버지라고 부르며 평생 내 삶의 스승이요 나침반처럼 따랐다. 3·1만세운동을 주도

한 33인의 민족 대표와 함께 3·1운동의 34인으로 추앙받으며 돌아가신 뒤에는 외국인으로는 유일하게 국립묘지에 안장되었다. 그분의 독립정신과 박애정신을 널리 알리고 계승하기 위해 한국에 스코필드 기념사업회가 창립되었는데, 나는 박사님과의 특별한 인연 때문에 회장을 하다가 지금은 명예회장을 맡고 있다.

기념사업회 일 때문이려니 했는데 전화는 전혀 엉뚱한 내용이었다.
"박사님, 메이저리그 시구 한번 안 하실래요?"
처음에는 농담인 줄 알았지만 뜻밖에도 진지한 제의였다. 그렇잖아도 메이저리그에서 시구 한번 해보는 게 꿈인 내게는 그야말로 불감청不敢請이언정 고소원固所願인 일이다. 그러나 그게 하고 싶다고 되는 일이 아니잖은가.

"블루제이스 구단에 아는 사람이 있어서 한국에 서울대학교 총장을 지내고 총리도 역임한 이러이러한 분이 엄청난 야구팬이다, 시구를 주선해줄 수 있겠느냐고 지나가듯이 말을 넣었는데 연락이 왔어요. 자기네들이 오히려 영광이라면서 언제든지 오케이라네요."

언젠가 김 목사의 소개라면서 나를 찾아온 캐나다 젊은이가 있었다. 북경에 가는 길에 서울에 들렀다는 이 젊은이는 다름 아닌 블루제이스 구단주의 예비사위였으니, 블루제이스와의 인연은 단순한 우연이 아니었던 셈이다. 모르긴 해도 블루제이스의 구장에서 시구를 할 수 있게 된 데는 이 젊은이의 입김도 한몫했을 거라는 생각이 들었다.

스코필드 박사 기념사업회 일로 캐나다에서 목회 활동을 하는 김 목사를 만나고, 그 인연으로 블루제이스 구단주의 예비사위를 만났는가 하면, 마침내 블루제이스 유니폼을 입고 메이저리그 시구를 할 수 있게 되었으니 돌아보면 모든 게 스코필드 박사 덕분이라는 생각이 들지 않을 수 없다. 생전에도 그토록 많은 덕을 베푸시더니 돌아가신 뒤에도 이렇게 도움을 주시는구나 싶어서 절로 숙연해졌다.

스케줄을 보니 마침 머지않은 시기에 캐나다 방문 일정이 잡혀 있었다. 한국 정부와 온타리오 주정부가 자금을 마련해 세계에서 네번째로 크다는 토론토 동물원 내에 스코필드 박사 추모공원을 만들었는데, 그 개막식 행사가 마침 5월 말이었다. 장소를 동물원으로 택한 것은 스코필드 박사가 세계적인 수의병리학자였기 때문이다. 지난 2007년에 같은 곳에서 스코필드 박사 동상 기공식, 2010년에 동상 제막식에 이어 이제 추모공원까지 갖추게 되었으니, 나름대로 형식적으로는 추모사업의 한 단계를 마무리하는 셈이어서 여러모로 뜻깊은 자리였다. 로저스센터에서의 시구 날짜도 이것을 고려해서 잡았다.

캐나다 유일의 메이저리그팀 시구

블루제이스 구단의 마스코트인 에이미가 나를 마운드로 안내했다. 본부석에서 서울대학교 전 총장이자 대한민국 전 국무총리라고 나를 소개하자 관중들이 환호했다. 흥분하지 않을 수 없었다. 나는 이날을 위해 KBO 심판 27년 경력의 김양경 한국연식야구연맹회장의 도움을 받아 잠실구장에서 세 차례 시구 연습을 했다. 야구공을 던진 것이 하도 오래전이기도 하고 또 넘치는 의욕 때문에 무리를 한 탓인지, 서울에서는 물론이고 토론토에 도착해서도 어깨 통증이 느껴져 걱정이 이만저만이 아니었다. 그러나 넓고 시원한 야구장 한복판에서 스타디움을 가득 메운 관중들의 환호를 듣는 순간 통증 따위는 떠오르지도 않았다. 얼마나 기다리던 순간인가.

홈플레이트와 투수마운드의 거리는 18.44미터이다. 한 번도 정식으로 공식 구장의 마운드에서 투구를 해본 일이 없었던 나는 마운드가 너무 높은 것 같아 포수를 향해 1미터 가까이 앞으로 나왔다. 마침내 포수의 사인이 왔다. 천천히 와인드업을 하고 공을 던졌다. 내 손을 떠난 공은 약간의 포물선을 그리며 날아가 포수의 미트에 꽂혔다. 포수의 오른쪽 가슴으로 날아간 스트라이크였다. 관중들의 우레와 같은 박수에 나는 한국식으로 고개를 숙여 답례했다. 블루제이스 포수 리키 로메로Ricardo Romero가 그 공에 직접 사인하여 나에게 건넸다. 그리고 힘차게 악수를 했다. 과연 공이 포수에게까지 도달할 수 있을까 싶어 폼보다는 던지기에 집중했지만, 포수의 미트에 똑바로 도달하는 공을 보며 금세 후회했다. 이럴 줄 알았으면 좀더 폼나게 던질걸 하고. 요새 유행하는 말로 좀더 개념 있는 시구를 할걸 그랬다.

야구 경력이라고는 동네야구가 전부여서 평생 스스로를 영원한 마이너리거라고 자칭하고 다니던 나의 메이저리그 시구는 이렇게 끝났다. 경기가 시작되기 전, 우리나라에서 롯데 자이언츠 감독을 지내고 당시는 보스턴 레드삭스에서 수석코치, 즉 3루 주루코치로 있던 제리 로이스터Jerry Royster가 찾아왔다. 반갑게 인사를 하고 홍성흔 등 한국 선수 몇 명에 관한 얘기를 나눴다. 나는 로이스터 감독 덕분에 롯데가 강팀이 되었다고 고맙다고 했다. 로이스터 감독은 한국에 와서 일하고 싶다고 했다. 꼭 감독일 필요는 없단다. 한국 야구 발전을 위해서라면 무엇이든 하고 싶다고 했다. 참 반가웠다. 그가 언젠가 다시 한국에서 일했으면 좋겠다.

시구를 한 후 나는 귀빈실에 초대되었다. 블루제이스의 회장인 폴 비스턴이 반가이 맞아주었다. 김만홍 목사 부부, 일 년 전까지도 캐나다 연방의회 의원이었던 마사 핀들리 여사 등과 함께 오랜만에 현장에서 한 장면도 놓치지 않고 메이저리그 경기를 관전할 수 있었다. 참 신났다.

이날 경기는 블루제이스가 레드삭스에게 7대2로 졌다. 8이닝 동안 홈런 2개를 내주며 2실점했지만 시즌 최고의 투구를 펼친 레드삭스의 투수 벅홀츠Clay Buchholz와 2루타 3개를 포함해 4안타를 몰아친 우익수 나바Daniel Nava의 활약이 인상적인 경기였다.

그날 저녁의 호사는 그야말로 기회요 행운이었다. 내 이름을 짓기 위해 아버지가 찾아간 동네 훈장님이 사주를 보고는 대뜸 "운이 꽉 찬 놈"이라고 했다던데, 그저 마음속으로 품었던 꿈 하나가 이런 우연으로 이루어지다니 과연 나는 운이 좋은 사람이다. 이로써 내가 평생 야구를 사랑해야 하는 이유 하나가 더 생겼다.

외로움은 던지고
답답함은 날려버려라

동네야구 데뷔

"운찬아, 너 야구할래?"

초등학교 4학년 무렵 서울 종로구 동숭동에 있던 서울대학교 문리과대학 운동장을 지나던 참이었는데 동네 형들이 나를 불렀다. 야구를 하려는데 선수 한 명이 부족하니 함께하자는 말이었다. 그때까지만 해도 야구를 해본 적이 한 번도 없어 망설였는데 호기심에서 그러마고 끼었다. 형들이야 당장 야구를 하기에 머릿수가 부족했으니 외야에 세워놓고 넘어가는 공이나 주워오라는 심산이었는지 모른다. 하지만 나는 이날 난생처음 해본 경기에서 플라이볼 2개를 잡아냈다. 그때의 짜릿함을 어떻게 말로 표현할 수가 있을까. 자신감이 붙었다. 이런 재미에 야구를 하는구나 싶었다. 그날 이후, 나는 야구에 빠졌다.

전쟁의 후유증이 채 가시지 않은 1950년대는 모두가 가난했다. 우리집도 예외는 아니었다. 아버지가 삶의 터전을 충청남도 공주에서 서울로 옮겨온 것은 순전히 호구지책 때문이었다. 할아버지대까지만 해도 남부럽지 않게 넉넉하던 살림이었다고 한다. 그러다가 가세가 급격히 기울어진 것은 광산 채굴에 가산을 털어넣고 아무것도 건지지 못했기 때문이다. 비록 몰락했지만 기질까지 무너진 것은 아니었던 모양이다. 고향 어르신들의 말에 따르면, 아버지는 징용에 끌려갈까봐 신학문을 공부시키지 않은 할아버지 때문에 학교 근처에 간 일이 없는데도 들일을 할 때조차 책을 손에서 떼지 않았단다. 글 읽는 가문의 전통과 습관이 몸에 배었기 때문이리라. 대신 농사일은 시원찮았다. 10명이 넘는 일꾼들을 부리던 양반집 자제가 농사를 짓는다는 것부터 서툰 냄새가 풍기거니와, 장마철만 되면 금강이나 마을 주변 하천의 물이 범람하는 일이 잦아서 농사를 망치기 일쑤였던 것 같다.

가난은 고래도 부지런하게 만든다

초등학교 1학년 2학기가 끝날 때, 우리 식구는 문리대가 있던 대학가 종로구 동숭동 낙산 자락에 단칸방을 얻고 새롭게 서울살이를 시작했다. 호구지책을 위한 상경이었지만 한편으로는 자식만큼은 좀더 좋은 교육 환경을 만들어주려는 부모님의 교육지책이기도 했다. 당시 낙산에는 이른바 '하꼬방'이라고 불리는 판잣집이 많았다. 산 아랫자락은 그나마 밥먹고 살 만한 사람들이 좀 있었지만 언덕을 오르면 오를수록 집들은 점점 더 작아지고 한집에 사는 세대 수는 더 많아졌다. 우리가 처음 살게 된 집은 드라마 제목인 '한 지붕 세 가족'보다 더한 '한 지붕 네 가족'이었다. 나중에 비록 특선(24시간 들어오는 밝은 전기)은 아니더라도 일반선(시간제로 들어오는 어두운 전기)이 들어왔지만 우리가 서울로 처음 이사할 때만 해도 전기가 들어오지 않은 것은 물론이고 수도꼭지는 오래도록 동네에 하나밖에 없었다.

아버지는 남의 서류를 대신 작성해주는 대서소를 차렸다. 비록 공식적으로는 무학이었지만 글을 많이 읽은데다 필체가 좋은 아버지로서는 알맞은 선택이었다. 그러나 수입이 시원치 않자 얼마 지나지 않아 그만두고 숯이나 다른 땔감을 취급하는 구멍가게를 냈다. 그야말로 식솔들의 호구를 건사하기 위해서 알량한 양반의 체면이나 자존심 따위는 몽땅 접어버린 것이다.

그럼에도 양반의 성정은 조금도 흐트러뜨리지 않았다. 부부지간은 물론이고 자식들에게도 큰소리를 내거나 험한 말을 하는 법이 없었다. 심지어 막내인 내게도 '자네'라고 부르며 '-하시게'라는 존중이 듬뿍 담긴 말을 쓰던 아버지였다. 나는 아직도 아버지였는지 어머니였는지 명확하진 않지만 밥상머리에서 받았던 교육이 생각난다.

"밥상에서 손이 안 닿는 곳에 있는 음식은 먹으려고 하지 말게."

"세 번 이상 청을 받기 전에는 남의 집 잔치에 가는 일이 아니네."

지금은 두 분 다 돌아가시고 딱히 유언이랄 것도 남기지 않으셔서 나는 이 가르침을 유언처럼 가슴에 품고 산다. 내 손에 닿지 않는 것을 얻으려고 억지로 손을 뻗지도 않으며, 진심이 담기지 않은 한두 번의 권유는 그저 인사치레겠거니 하는 것도 그 때문이다.

비록 가난했지만 단란할 수 있었던 것은 이런 부모님 덕분이다. 그러나 가난의 그림자는 쉽게 지워지지 않았다. 서울살이를 시작한 지 얼마 지나지 않은 초등학교 3학년 봄에 아버지가 돌아가시면서 가난은 더욱 짙게 드리웠다. 아버지를 대신해 어머니가 삯바느질도 하고, 나중에 우석대학과 후에 고려대학에 편입된 수도여자의과대학 부속병원 병상의 시트 빨래도 해주면서 살림을 꾸려나갔지만 수입은 신통치 않았다. 자꾸만 오르는 월세를 감당할 방법이 없어 더 싼 집을 찾게 되고, 그러다보니 자꾸만 언덕배기 꼭대기를 향해 올라갈 수밖에 없었다. 싸다는 것은 환경이 그만큼 열악하다는 것을 의미했다. 한 울타리 안에 사는 사람 수가 많아졌고, 그만큼 하나밖에 없는 화장실을 사용하려고 서는 줄이 길어질 수밖에 없었다. 아침녘이면 전쟁통이 따로 없었다. 그걸 피해보려고 6시에 일어나던 것이 이사를 한번 할 때마다 반 시간 또는 한 시간씩 앞당겨졌다. 내가 지금처럼 부지런한 생활 습관을 갖게 된 것은 이때부터였으니, 어쩌면 가난이 가져다준 선물인지도 모른다.

야구를 하는 곳엔 언제나 내가 있다

공주 촌놈이 서울에 올라와서 학교에 다니는 일도 낯선 마당에 집
안 형편을 생각하면 어린 나이에도 답답함이 몰려왔다. 그런 내게
던지고 치고 달리고 받는 야구는 외로움도 날리고 답답함도 던져버
리기에 안성맞춤이었다.

야구를 처음 경험한 이후 동네에서 야구를 하는 곳이라면 어디
든지 끼었다. 직접 선수로 뛸 수 없는 형편이면 심판이라도 봤다. 친
구들끼리 야구를 하다가도 내가 나타나면 다들 눈을 동그랗게 뜨
고 내 별명을 부르면서 "짱구가 온다!"며 놀라워했다. 어떻게 알고
찾아왔느냐는 것인데, 사실 그 비결은 별게 아니다. 야구를 할 만
한 곳이 몇 군데 없었기 때문이다. 내가 다니던 창경초등학교(당시는
종로구 연건동에 있었으나 1980년대 후반 도봉구 창동으로 이전했다) 운동
장, 그곳에서 그리 멀지 않은 효제초등학교 운동장, 문리대 운동장
이 전부라고 해도 과언이 아니었다. 당시 문리대 운동장은 아무나
못 들어가는 곳이었다. 어린 학생들은 더욱 그랬다. 그런데도 개구
멍으로 들어가 '과감히' 야구를 하다 수위한테 붙들려 벌을 선 적
이 한두 번이 아니었다. 좀더 멀리 간다면 성균관대 운동장 정도였
고 그도 아니라면 동네 골목 어딘가에서 전봇대나 책가방을 베이스
삼아 야구를 하던 터였다. 그래서 마음먹고 동네 한 바퀴만 크게
돌면 쉽게 야구하는 일행을 만날 수 있었던 것이다.

얼마 전 오랜만에 당시의 친구들을 만났다. 당연히 야구 얘기도

화제에 올랐다. 친구들은 나를 단순히 '야구를 좋아하는 아이'가 아니라 '야구에 미친 놈'이었다고 기억했다. 저희들끼리 몰래 야구를 하고 있어도 귀신같이 찾아오는가 하면, 파울볼에 맞아 콧잔등이 퉁퉁 부었는데도 끝까지 경기를 마치던 내 얘기를 꺼내면서…… 그러나 내게 야구란 외로움과 답답함을 벗어버리고 남루한 일상에서 탈출하려는 몸부림이었다는 사실을 눈치챈 친구들은 거의 없었다.

베이스는 가방으로
배트는 각목으로

밀가루 포대로 만든 글러브를 끼고

지금도 정식으로 야구 장비를 갖추려면 꽤 많은 돈이 든다. 글러브만 해도 투수용 글러브와 미트(mitt: 벙어리장갑 mitten에서 유래)라고 부르는 포수용 글러브, 또 내야수용과 외야수용 글러브가 따로 있다. 안전사고를 막기 위해 포수는 마스크와 보호장구를 착용하고, 타자도 헬멧을 비롯해 팔꿈치와 정강이, 심지어 발등을 보호하는 보호대를 착용한다. 야구는 돈 많은 집 아이들이 하는 운동이라는 말은 아마도 장비 때문에 나온 말이리라.

1950년대 동네야구에서 이런 장비를 갖춘다는 건 애당초 불가능했다. 더군다나 우리처럼 가난한 동네 아이들은 더 말할 나위가 없었다. 한마디로 요즘 야구와는 비교도 되지 않을 만큼 열악했다.

야구공은 물렁물렁한 정구공을 썼다. 테니스공도 자주 사용했다. 이런 공은 맨손으로 치거나 받아도 전혀 무리가 없어서 배트나 글러브가 필요 없었다. 투수가 언더핸드로 던지면 주먹으로 치고 손으로 잡았다. 베이스는 벗어놓은 옷가지나 가방 따위였고, 베이스라인은 주전자에 물을 받아다가 그었다. 야구라기보다는 '찜뽕'이라고 부르는 편이 더 옳을 테다.

그러다가 같은 고무공으로 만들었지만 제법 야구공 모양을 갖춘 연식야구공이 흘러들어왔다. 요즘 도심 한복판이나 유원지 등의 야구연습장에서 사용하는 공이 그것이다. 이 연식공은 속이 빈 것과 실로 속을 메운 것, 두 가지가 있었는데 후자를 일러 우리는 준경식공이라고 불렀다. 준경식공은 더 무겁고 단단했다. 연식공이 등장하면서부터 글러브와 배트가 필요하게 되었다. 맨손으로 칠 수도 없고 받을 수도 없었기 때문이다. 그렇다고 정식 배트나 글러브를 갖추기는 힘들었다. 그래서 길거리를 돌아다니다 눈에 띄는 길고 튼튼한 막대기나 각목 따위는 배트가 되었고, 철 지난 달력이나 밀가루 포대는 접어서 글러브로 삼았다. 정식 야구경기에 사용되는 경식야구공은 '홍키공'이라고 불렀는데 가격도 비싸고 귀해서 어쩌다 생기면 실밥이 터지고 가죽이 너덜거릴 때까지 썼다. 상황이 이렇다보니 간혹 글러브나 배트를 가진 아이들은 무조건 주전이었다.

처음으로 포수를 맡은 날

공이 딱딱해질수록 다치는 일도 잦았다. 타자는 투수가 던진 공에 온몸을 강타당하기도 하고, 운동장이 고르지 않으니 내야수는 불규칙한 바운드에 얼굴을 맞기도 했다. 그중에서도 포수가 부상당할 가능성이 가장 높았다. 공을 빠뜨리지 않으려고 몸으로 감싸는가 하면 홈으로 들어오는 주자와 부딪치는 일이 잦은 포지션이라 어쩔 수 없었다. 그래서 가장 덩치가 좋고 힘이 센 친구에게 우리가 가진 글러브 중에서 가장 좋은 것을 주고는 포수를 맡겼다. 궂은 일을 하는 포수에 대한 배려였다. 어릴 때부터 빠르고 날쌔기는 했지만 몸이 작았던 나는 포수를 맡을 일이 없었다. 대개 3루수나 유격수가 내 포지션이었다. 그러던 어느 날 생각지도 않게 포수를 봐야 하는 일이 생겼다.

어머니의 심부름을 다녀오던 길에 운동장에서 야구를 하는 한 무리의 친구들과 우연찮게 맞닥뜨렸다. 그냥 지나칠 내가 아니다. 이미 시작된 경기였지만 마침 포수가 마땅치 않다기에 그 자리를 내가 맡겠노라며 들어갔다. 학교에서 모범생이어서인지는 몰라도 내가 경기에 들어간다면 언제나 환영이었다. 뿐만 아니라 많은 경우 내가 팀을 만들고 포지션도 정해주었다. 야구에 관한 한 내가 골목대장이었다.

그러나 경기가 진행되고 얼마 지나지 않아 포수를 보던 나는 얼굴을 감싸며 그 자리에서 나뒹굴었다. 타자가 친 공이 파울볼이 되면서 공교롭게도 내 얼굴을 강타한 것이다. 어찌나 세게 맞았는지 코피를 쏟으며 그 자리에서 졸도하고 말았다. 기겁한 아이들은 나를 들어다가 운동장 한쪽 그늘 밑에 뉘였다. 누군가 웃옷을 벗고 둘둘 말아 내 머리에 받쳐주었다. 수군대는 소리가 들렸다. 걱정이 잔뜩 밴 목소리였다. 그 와중에도 나는 나 때문에 경기가 끝나게 될까봐 손을 들어 괜찮다는 표시를 했다.

두어 회쯤 지나자 점점 정신이 돌아왔다. 쓰러졌을 때 아이들이 대충 피를 닦아주기는 했지만 수돗가에 가서 다시 닦아내고 세수를 했다. 시큰거리는 콧잔등을 만져보니 제법 부어올랐다. 코뼈가 부러진 것 같지는 않아서 다행이었다. 아이들이 공수교대를 하러 들어오고 나가는 모습이 보였다. 나는 운동장을 향해 천천히 걸어갔다.

"나 이제 괜찮아. 다시 들어갈래."
내 한마디에 아이들이 다시 우르르 몰려들었다.
"괜찮냐?"
"응. 아무렇지도 않아."
"그래도 안 돼. 잘못되면 어떡하려고 그러냐."
"그래, 오늘은 쉬어라. 어디 오늘만 날이냐?"
"맞아. 또 한 번 공에 잘못 맞으면 그땐 큰일난다."

이구동성으로 만류하기에 바빴다. 그럼에도 나는 좀처럼 고집을 꺾지 않았다. 설득에 실패한 아이들이 타협안을 내놨다.

"좋아. 굳이 다시 하겠다면 어쩔 수 없는데, 포수는 안 돼. 너무 위험해."

나는 다시 경기에 낄 수 있었고 부어오른 콧잔등도 개의치 않고 끝까지 자리를 지켰다. 아이들 입에서 미친 놈이라는 말이 나올 법도 했다.

경기중학 야구부
주전자 선수

내 인생 최고의 선물

중학교 진학을 앞두고 나는 말 못 할 고민에 빠졌다. 나보다 2년 먼저 진학한 형은 동양공고와 붙은 동양중학교를 다녔다. 인문계 학교를 다니고 싶어했지만 그러지 못한 것은 가정형편 때문이었다. 입학 성적이 좋으면 장학금을 받을 수 있다는 말에 뒤도 돌아보지 않고 동양중학교로 진학을 결정했다. 홀로 식구를 먹여 살리는 어머니를 생각하면 선택의 여지가 없었다.

어머니는 여전히 남의 집 삯바느질과 병원에서 나오는 빨래를 해주면서 근근이 살림을 꾸리던 처지였고, 중학생이 된 형은 신문배달로 적은 돈이나마 살림에 보탰다. 이런 형편에서 나는 중학교에 진학시켜달라고 떼를 쓸 수도 없었다. 어떤 중학교를 갈 것인가는 생각도 못 했다. 초등학교 4학년 때 담임인 김희정 선생님은 서울중학교에 진학하기를 바라셨다. 경기중학교는 부유한 집 아이들이 많아 기가 죽을지도 모른다는 염려 때문이었다. 내 가정형편을 누구보다 잘 아는 선생님으로서 여린 마음을 다치지 않게 하려는 배려였다. 그런가 하면 6학년 때 담임을 맡았던 김갑동 선생님은 그럼에도 경기중학교에 진학해야 한다고 누누이 일렀다.

김희정 선생님은 항상 남을 배려하되 앞에 나서지 않으셨다. 그래서 교감, 교장 자리도 마다하셨다. 나는 졸업 후 선생님이 전근하실 때마다 그 학교에 가서 인사를 드렸으나 미국 유학 이후 소식이 끊겼다. 귀국 후 백방으로 찾아 헤맸으나 소식을 모르다가, 불행 중 다행으로 한국일보 임철순 논설고문이 선생님께서 돌아가신 사실을 알려주었다. 그래서 2011년 12월에 문상을 통해 선생님을 뵙게 되었다. 너무 죄송하다. 교수 때도, 총장 때도 그리고 총리 때도 찾아뵈려 했으나 마음만 간절했다. 선생님의 아드님인 윤태원 사장은, 선생님은 나를 졸업시킨 후에도 항상 내 걱정을 했다고 전했다. 정말 고마운 분이다.

진학과 가난 사이에서 방황하던 나에게 행운처럼 또 한 분의 은인이 나타났다. 당시 서울대학교 수의과 대학장이었던 이영소 박사로, 같은 반 친구 이병헌의 부친이기도 했다. 어느 날 그 친구 집에 놀러갔다가 우연히 만나게 된 이영소 박사는 내 귀가 번쩍 뜨일 만한 말씀을 했다.

"운찬이 너 공부 잘한다며. 경기중학교에만 들어가라. 그러면 우리가 학비를 다 대줄 테니. 아무 걱정 말고 공부나 열심히 해라."

뜻하지 않게 맞닥뜨린 행운 앞에 나는 얼떨떨했다. 절망 앞에서 만난 희망의 빛이었다. 이 박사의 말씀대로 시험을 치러서 경기중학교 합격증을 손에 쥘 수 있었다.

나는 이영소 박사를 통해 스코필드 박사를 만났다. 스코필드 박사는 이영소 박사와 함께 수의과대학 교수로 계셨는데, 그때 연세가 벌써 일흔하나였다. 스코필드 박사는 남에게 의지하지 않고 살아가기를 원한 부모의 바람대로 고학을 하며 어렵게 공부했던 얘기, 대학 시절 영양 부족과 과로로 소아마비를 앓은 얘기, 그럼에도 최우등으로 졸업한 얘기를 들려주었다. 그러면서 희망과 용기를 잃지 말라는 당부도 잊지 않았다.

입학금은 스코필드 박사의 도움으로 해결되었다. 또 생활비에 보태 쓰라며 캐나다 은행 이름이 찍힌 수표를 간간이 건네주기도 했다. 1달러짜리 지폐도 구경조차 못 해본 사람들이 흔하던 시절에 수표를 들고 은행에 환전하러 다닌 아이는 아마 나 말고는 별로 없었을 것이다. 그렇게 맺어진 스코필드 박사와의 인연은 평생을 두고 이어졌다. 은인이요 스승이며 때로는 할아버지로. 스코필드 박사를 만난 것은 내 인생 최고의 선물이라 말하지 않을 수 없다.

035　　서울대학교 총장을 그만두고 LA를 방문하는 길에 나는 이영소

박사의 사모님, 즉 병헌이 어머님을 아주 오랜만에 찾아뵈었다. 그 자리에서 사모님은 이 박사께서 나를 스코필드 박사에게 소개한 것은 우리 어머니 때문이라고 했다. 사모님이 집안의 대소사를 의논한 상대가 우리 어머니였다는 것이다. 충청도 양반댁의 며느리라 이것저것 많이 가르쳐주셨다는 말씀을 하셨다. 나는 내가 공부를 잘해서 그런 줄만 알고 있다가 사모님 말씀을 듣고 다시 한번 어머니 은혜에 감사했다.

뜻밖의 입학 선물, 야구 글러브

중학교 입학과 더불어 받은 또 하나의 선물이 있다. 야구 글러브였다. 같은 집에 세 들어 살던 조희환(정확한 이름인지는 자신이 없다) 형이 중학교 입학 선물이라며 자기가 쓰던 글러브를 내게 준 것이다. 그 형이 보고 싶은데 어디 사는지 모르겠다.

  학제의 잦은 변동으로 고등학교가 중학교로 되었다가 다시 중고등학교로 변하기도 했지만 경기중학교에는 오래전부터 야구부가 있었다. 우리나라에서 가장 오랜 역사를 자랑하는 팀이었다. 흔히들 우리나라에서 처음으로 만들어진 야구팀을 'YMCA 야구단'이라 불리는 황성기독청년야구단으로만 알고 있다. 한국 YMCA의 초대 총무를 맡았던 필립 질레트에 의해 결성된 팀이다. 이 팀에 관해서는 〈YMCA 야구단〉이라는 영화도 만들어져서 많은 사람이 관람하기도 했다. 그러나 경기중학교(당시 이름은 한성고등학교)에 야구팀이 생긴 것도 그해, 바로 1905년이다.

기록에 의하면 경기중학교(지금의 경기고등학교 포함) 야구부는 1947년
과 48년에 황금사자기와 청룡기 대회에 서울 대표로 출전해 세 번의
준우승을 차지하기도 했다. 특이한 것은 48년도 대회에서 일반적으
로 인천 동산중학교 출신으로 알려진 박현식 선수가 경기중학교 유
니폼을 입고 선수로 뛰었다는 사실이다. 나중에 다시 동산중학교로
돌아가기는 했지만.

경기중학교 학생이 되었지만 특별히 달라진 건 없었다. 집안일을
돕겠다고 새벽같이 신문배달을 나간 형을 대신해 물지게를 지기 시
작한 것도 중학생이 되면서부터였다. 지금도 편안한 자리에서는 우
스갯소리 삼아 내 작은 키가 어렸을 적 물지게 때문이라고 말하기도
하는데, 온전히 농담만은 아니다. 내 사촌 형님들의 키가 175센티미
터를 넘었던 걸 보면 설득력이 있다. 도시락을 싸가지 못하니 3교시
가 끝나면 슬그머니 나와서 먼 산이나 쳐다보며 공상을 했는데, 비
오는 날이면 그것도 여의치 않았다. 마땅히 머물 데가 없었던 것이
다. 남들은 형겊으로 만든 우산을 쓰고 다닐 때에도 대나무에 비닐
을 씌운 우산을, 그것도 바람에 뒤집힐까봐 우산살을 붙들고 다녔
다. 용돈이라도 벌어볼까 해서 초등학생 과외를 해보기도 했지만 시
간만 뺏길 뿐 아무 보탬도 되지 못했다. 유일한 낙이 있다면 그 집에
는 라디오가 있어서 야구경기 중계방송을 들을 수 있다는 것이었
다. 나는 자꾸만 옹졸해지고 우울해졌다. 주눅 들지 않으려고 항상

쾌활한 표정을 짓고 다녔지만 그것이 내 본모습은 아니었다.

그럴 땐 신나게 뛰고 달리고 흠뻑 땀을 흘리는 게 최고다. 입학 선물로 받은 글러브도 있겠다, 마침 야구부도 있겠다, 다짜고짜 감독을 찾아가서 야구부에 들고 싶다고 말했다. 당시는 지금처럼 특기생으로 진학하는 경우가 없어서 그야말로 공부는 공부대로 하고 연습은 연습대로 하는 순수한 아마추어였다. 어렵지 않게 허락을 받을 수 있었다.

주전자 선수의 서러움

야구부원이 되었다고 해서 누구나 다 시합에 나가는 것은 아니다. 그때 우리 학교 선수들은 서울사대부속초등학교 출신 학생들이 주축이었다. 대부분이 초등학교 때부터 이미 좋은 장비를 갖추고 팀워크를 다져온 터라 실력도 뛰어났다. 나와 함께 야구부원으로 활동하던 친구들 중에는 전 감사원장 양건, 서울공대 산업공학과 명예교수 강석호 등이 있었다.

야구부 생활을 하는 동안 나는 한 번도 시합에 나간 적이 없다. 연습은 같이 하지만 경기가 열리면, 그것이 공식경기든 친선경기든 벤치를 지키거나 선수들 뒷바라지만 할 뿐이었다. 주전 선수가 아닌 주전자 선수였던 것이다. 주전자 선수는 선수들에게 주전자로 마실 물을 제공하거나 석회 가루가 없을 때 주전자 물로 베이스라인을 긋는 역할을 했다.

중학교 2학년, 서울중학교와 경기를 하던 어느 날이었다. 3학년 7명에 2학년 2명이 출전하였다. 양건과 강석호도 명단에 있었다. 나는 경기 중간에 정만식 감독님에게 다가가 슬그머니 물었다.

"선생님, 저는 언제 출전시켜주세요?"

내 말을 들은 감독님은 빙그레 웃더니 지나가는 말처럼 툭 던졌다.

"운찬이는 공부해도 된다던데……"

나는 그 자리에서 바로 깨달았다. 영원히 주전이 될 수 없다는 사실을. 그리고 그 길로 야구부를 그만두었다. 선수가 되는 일은 실패했지만 평생 야구를 즐기는 마니아는 되었으니 그 역시 좋지 않은가.

나는 그날의 정만식 감독님을 잊지 못한다. 언제 출전시켜주냐고 물으면 '야 이 자식아, 출전은 네가 무슨 출전이야'라고 할 만도 한데 감독님은 아주 부드럽게 공부나 열심히 하라고 넌지시 말씀하신 것이다. 참 훌륭한 선생님이었다고 생각한다. 부드러운 말에서 부드러운 행동이 나온다. 요즘의 학교 폭력도 부분적으로는 교사와 학부형의 부드러운 말로 해결될 수 있다고 나는 믿는다. 어른들이 부드러운 말을 쓰면 학생들이 따르고 행동도 부드러워질 수 있다고 생각한다.

파울볼을 향해 달려가다

서울대학교 교수 시절이던 1986년 4월, 나는 직선제 개헌을 촉구하는 성명서를 작성해 선후배 교수들의 서명을 받는 일에 나섰다. 동양사학과의 이성규 교수, 화학과의 김영식 교수와 함께 암울한 현실에 대해 울분을 토하다가 결심한 일이었다.

1985년 2·12 총선을 통해 제1야당이 된 신민당이 나서서 직선제 개헌을 위한 1000만 명 서명운동에 착수했다. 대통령 직선제를 통해 80년 민주화의 봄을 되찾으려는 국민들이 운동에 동참했다. 고려대와 성균관대, 한신대 교수들도 적극적으로 참여했다. 그러나 서울대만은 아무 움직임이 없이 조용했다. 부끄럽지 않을 수 없었다. 그래서 총대를 메고 나섰고, 서울대 교수 49명의 서명을 받아 성명서를 발표했다. 접촉한 교수가 250명이 넘었으니 많이 호응한 것은 아니었다. 지금 생각해보면 그 서슬 퍼렇던 시기에 참으로 겁없는 행동이었다. 파장은 적지 않았다. 전두환 대통령은 서명에 참여한 교수들을 전원 해직시키고 주동자는 엄벌하라고 지시했다. 해직에 엄벌은 이미 예상했던 결과였다. 앞으로 뭘 먹고 살까 심각하게 고민했다.

그런 걱정은 나나 서명한 교수만 했던 게 아니었던 모양이다. 어린 시절 함께 야구를 하며 놀던 친구들도 마음으로 함께 걱정을 했단다. 어디 끌려가서 맞지나 않을까, 조금 비겁하게 보이더라도 가만히 있으면 다치지 않을 텐데 왜 저런 일에 앞장설까, 왜 좀더 현실

적이고 현명하게 처신하지 못할까, 대체 그 자그마한 체구에서 그런 용기는 어디서 나왔을까 하는 생각들이었다. 그리고 친구들은 자연스럽게 파울볼에 맞고 졸도를 하고 코가 퉁퉁 부어올랐는데도 끝까지 경기를 하겠다고 나서던 그날의 나를 떠올렸다고 말했다. 용감함과 대담함. 그날의 야구경기에서 바로 그 모습을 보았다면서. 꿈보다 해몽이 더 좋다는 말이 있다. 나는 나 자신을 용감한 사람으로 생각한 적이 없다. 그렇지만 야구와 연관시켜 나를 높이 평가해주니 고마울 따름이다.

서명운동 때문에 이제나저제나 초조하게 소환을 기다렸지만 며칠이 지나도록 연락이 없었다. 대신 서강대학교 경제학과 교수를 지냈고 당시 민정당 국회의원이던 김종인 박사가 찾아왔다. 초면이었다. "서명에 참가한 49명은 고사하고 주동인 3명만 해직시켜도 서울대가 발칵 뒤집힐 테고, 국제적으로도 망신을 당할 우려가 있다"며 대통령을 설득했다는 말을 전했다. 그 때문이었던지 해직도 엄벌도 없던 일이 되었다. 어린 시절 야구 얘기를 하다가 난데없이 서명 파동 얘기를 하는 것처럼, 인생은 참으로 의외의 것에서 계기가 만들어진다. 그날 이후 일면식도 없던 김종인 박사와 내가 오래도록 가깝게 된 것도 이런 의외가 만들어준 또 하나의 선물이다.

野 球

2장

1년 중
가장 슬픈 날은
야구 시즌이
끝나는 날이다

禮 讚

미국으로
떠나다

번갯불에 콩 구워 먹듯이 떠난 유학길

내가 대학에 다닐 때만 해도 대부분의 학생들은 낭만을 추구한답시고 4학년이 되어서까지 취직시험 공부도, 대학원 입학시험 공부도 하지 않고 별 계획 없이 그저 닥치는 대로 독서하고 대화하고 또 놀기도 했다. 나 역시 책은 좀 읽고, 학교 공부도 열심이었지만 대학원 준비나 취직 준비는 하지 않았다.

대학 졸업을 앞두고 앞날은 참으로 막막하기만 했다. 공부를 계속하고 싶은 마음이 없지는 않았으나 그럴수록 귓전에 맴도는 말이 있었다. "배고프면 공부하기 힘들다." 헤겔의 명언이라며 내가 신입생 시절 최문한 학장이 총장이 되기 전 사회과학개론 강의를 할 때 인용한 말이었다. 지극히 당연한 말이지만 당시로서는 야박하게 들렸고 늘 경제적 어려움을 겪어온 내겐 우울하게도 들렸다. 그러나 어쩌랴, 현실인 것을.

뿐만 아니다. 대학원 시험은 영어, 독어, 경제학을 보는데 영어, 독어는 그리 어렵지 않게 생각했지만 경제학은 체계적 준비를 전혀 하지 않은 터였다. 지금과는 사정이 달랐지만 취직도 그리 쉬운 것은 아니었다. 무슨 시험인들 공부를 하지 않고 잘 볼 수 있겠는가. 그런데 1969년 늦가을이 되자 마침 한국은행에 무시험 제도가 생겼다. 서울상대에서 2명, 법대에서 1명, 연대, 고대, 서강대에서 각각 1명씩을 추천받아 신입 행원을 뽑는 제도였다. 나는 조순 선생님의 추천으로 한국은행에 입행했다. 조사1부에서 근무하기를 원했고 또 그렇게 될 것이라고 인사부 직원한테서 귀띔까지 받았는데, 정작 발령은 외환관리부로 났다. 알아보니 중간에 누군가가 인사담당 이사에게 청탁을 넣어 내가 가기로 한 자리에 다른 사람을 발령낸 것이었다. 울화통이 터졌지만 어쩔 수 없는 노릇이었다. 내가 원하는 부서가 아니라고 해서 한국은행원 취급을 못 받는 것도 아니었으니까.

어느 날 넥타이를 매고 창구에서 외환 업무를 보고 있는데, 남미 출장을 위해 환전을 하러 왔던 조순 선생님이 외환관리 부장실에서 나를 불렀다. 그러고는 대뜸 "자네가 왜 창구에서 근무를 하느냐"면서 시간이 나면 댁에 들르라는 말을 남기고 가셨다. '기껏 추천해서 취직시켜놓았는데 허드렛일이나 하다니' 하는 실망감이 역력했다. 사실 그것은 허드렛일이 아니었다. 환율 결정 같은 중요한 일도 있었다. 일주일쯤 지난 뒤 선생님을 찾아뵈었더니 유학을 가라는 권유를 하셨다. 아무런 준비도 되어 있지 않은 내겐 아닌 밤중에 홍두깨였다.

선생님은 일단 미국 오하이오 주 옥스퍼드에 있는 마이애미대학에 아는 교수가 있으니 거기서 되도록 빨리 석사를 마치고 박사는 아이비리그에서 하라는 조언도 해주셨다. 뉘앙스를 보니 즉흥적으로 하는 말씀이 아니었다. 유학자격시험 준비도 안 되어 있고 경제 형편도 빤한 터라 주저되는 마음이 아주 없지는 않았지만 더 넓은 땅에서 여러 나라의 젊은이들과 더 많은 공부를 할 수 있다는 생각을 하니 가슴이 설레었다. "주머니 속의 송곳은 감추어도 드러나기 마련"이라는 옛말처럼 속으로 꾹 누르고 있던 욕망이 선생님의 자극으로 꿈틀댔다. 그러나 현실은 늘 이상과 다른 법이다. 유학을 떠날 형편도 못되거니와 당장 내가 떠나면 어머니의 생활이 어려워진다는 것은 불을 보듯 뻔했다.

집으로 돌아와 무거운 마음으로 어머니께 선생님과 나눈 얘기를 전해드렸더니, 어머니의 얼굴이 무척 밝아졌다. 태어나서 그렇게 밝은 표정을 한 어머니는 처음 보았다. 내심 아들의 꿈을 지켜주지 못해 마음의 짐이 있으셨던 모양이다. 집안 걱정은 말고 공부할 기회가 생겼을 때 갔다 오라며 등을 떠미셨다. 그때부터 부랴부랴 유학자격시험에도 응시하고 선생님이 일러주신 대로 마이애미대학으로부터 입학허가도 받았다. 번갯불에 콩 구워 먹듯이 떠난 유학길이었다. 대학을 졸업한 지 1년 반쯤 되는 1971년 여름의 일이다.

유학생활 1년 동안은 그야말로 꼼짝을 못했다. 낯선 환경에 적응도 해야 하고 되도록 빠른 시간에 석사를 마쳐야 한다는 생각이 머리를 가득 채웠다. 박사과정은 아이비리그에서 밟으라는 선생님의 말씀도 마음에 부담이 되었다. 선생님은 그중에서도 프린스턴대학을 지목했는데, 제이컵 바이너 교수의 국제경제학과 아서 루이스 교수의 경제발전론을 배워오라고 말씀하셨다. 선생님은 육사 교관을 지낸 뒤 미국의 리틀아이비리그의 하나인 보든칼리지에서 공부를 마치고 대학원을 진학할 때 경제학이 강한 7개 대학 즉, 버클리, 예일, MIT, 하버드, 스탠퍼드, 시카고, 프린스턴에서 모두 입학허가를 받고 그 가운데 버클리를 택했지만, 프린스턴에 가면 개별지도를 더 잘 받을 것이라며 프린스턴에 꼭 가라고 하셨다. 나 역시 아서 루이스 교수의 경제발전론이야말로 우리나라 같은 개발도상국에 꼭 필요한 분야여서 반드시 배우고 싶었던 터였다.

프린스턴은 작은 대학이다. 그래서 입학허가가 어려웠다. 지금도 학부생을 다 합쳐봐야 5000명 정도밖에 되지 않고, 대학원생도 2500명 가량이다. 내가 지원할 때는 더 작아서 학부생과 대학원생을 다 합해도 6000명밖에 되지 않았다. 당시 한국인 학부생은 아예 없었고, 대학원생도 7, 8명이 전부였다.

그래도 나는 선생님 뜻을 따라 프린스턴을 목표로 삼았다. 그리고 1년 만에 마이애미대학에서 석사를 마치고 뜻한 바대로 프린스턴에 안착했다. 그러나 내가 도착하기 거의 1년 전 이미 바이너 교수는 작고했다. 그리고 루이스 교수는 동양 국가의 통계는 못 믿는다며 경제발전론으로 논문 쓰는 것을 말렸다. 결국 한국은행 근무 경험을 바탕으로 화폐금융론으로 박사논문을 썼다.

뉴욕 메츠 홈구장 시어스타디움 맨 꼭대기 관중석에서

마이애미에서 보낸 한 해는 눈 깜짝할 새에 지나갔다. 메이저리그의 본고장에 왔지만 그토록 좋아하는 야구를 단 한 경기도 구경할 짬이 없었다. 입장료도 입장료지만 야구장이 너무 멀어서 엄두조차 내지 못했다. 겨우 인근에 있는 신시내티 레즈의 경기나 간간이 신문으로 보는 정도였다. 프린스턴으로 옮기고 나서야 비로소 나를 돌아보고 주위를 둘러볼 여유가 생겼다. 야구장 나들이도 이때가 처음이었다.

미국에서 처음으로 찾은 야구장은 뉴욕 메츠의 홈구장인 시어스타디움이다. 나는 시어스타디움의 1루 측 맨 꼭대기 관중석에 앉아 경기를 관전했다. 가난한 유학생에게는 그 자리조차도 부담이 되었으나 야구의 본고장인 미국의 심장부에서, 신생팀의 패기로 메이저리그를 제패한 메츠의 경기를 본다는 것만으로도 벅차고 뿌듯했다.

뉴욕에서 야구를 관람하며 느꼈던 감정 중에는 이런 것도 있다. 뉴욕 양키스에는 흑인 선수가 많았다. 보스턴에서 유학하던 친구들이 양키스 얘기를 하다가 흑인 선수가 많다며 양키스를 비하하는 듯한 발언을 해서 속이 상한 적이 있었다. 우리도 유학 와서 유색인종의 설움을 겪고 있는 입장 아닌가. 그런 사람들이 흑인을 조롱하는 듯한 태도가 안타까웠다. 아마 그들에게는 미국의 중심부인 뉴잉글랜드에서 공부한다는 자부심도 있었을 것이고, 백인 선수가 많은 보스턴 레드삭스를 응원하면서 라이벌팀인 뉴욕 양키스를 어떤 이유로든 깎아내리고 싶은 마음도 있었을 것이다. 그러나 어떤 이유로든 인종차별은 용인될 수 없고 야구라는 순수한 스포츠를 그런 관점으로 바라보는 일도 있어서는 안 된다고 생각했다.

시어스타디움은 2008년 시즌을 끝으로 문을 닫았다. 09년 시즌부터는 새 구장 시티필드가 메츠의 홈구장 역할을 맡았다. 양키스타디움도 09년에 새로 지었다. 그래서 프린스턴에서 안식년을 지내던 08년 9월 양키스타디움에서의 추억을 담아둘 생각으로 그곳에서의 마지막 경기를 보려고 한국 학생들과 함께 브롱크스로 갔다.

즉흥적으로 벌인 일이어서 예매를 했더라면 훨씬 싸게 구할 수 있었을 표를 장당 100달러나 주고 샀다. 양키스타디움에서의 마지막 경기는 나뿐 아니라 다른 사람들도 관심이 많았던 모양이다. 수요와 공급의 원리가 철저히 적용되는 것이 미국의 스포츠경기 관람권 시장이다. 경기 시간이 가까워질수록 푯값은 올라간다. 그래서 일주일

전과 당일 간의 가격 차는 커질 수밖에 없다. 표를 비싸게 주고 산 것도 억울한데, 같이 간 학생의 차에 설치된 내비게이션이 고장나는 바람에 야구장에 입장했을 때는 벌써 시카고 화이트삭스의 4회초 공격이 시작된 뒤였다. 경기를 제대로 관람하지도 못해서 참 아쉬웠다. 하지만 전통의 팀 양키스를 성장시켜온 양키스타디움의 마지막을 함께했다는 것은 두고두고 뿌듯하고 기억에 남는 일이다.

뉴욕 메츠는 메이저리그 구단 중에서 비교적 역사가 짧은 편에 속한다. 1957년에 지금은 LA 다저스가 된 브루클린 다저스와 샌프란시스코 자이언츠가 된 뉴욕 자이언츠가 연고지를 캘리포니아로 옮기면서 뉴욕에 내셔널리그팀은 모두 없어져버렸다. 유일하게 아메리칸리그의 뉴욕 양키스만이 남았다. 아쉬워하는 뉴욕 시민들을 지켜보던 변호사 윌리엄 시어가 적극적인 팀 창단 활동을 벌인 끝에 뉴욕 메츠는 맨해튼, 브롱크스, 브루클린과 함께 뉴욕의 일부인 퀸스를 연고지로 삼아 62년 내셔널리그의 새로운 팀으로 경기에 참가하게 되었다. 구단을 운영하는 기업인 '뉴욕 메트로폴리탄 베이스볼 클럽New York Metropolitan Baseball Club'을 줄여 '메츠Mets'라는 이름이 붙었고, 새 구단 출범에 공헌한 변호사 윌리엄 시어의 이름을 따 홈 구장을 '시어스타디움'으로 불렀다.

메츠의 시작은 초라했다. 창단 첫해의 기록 40승 120패는 1899년 이후 한 팀의 한 시즌 최다패였다. 1968년까지도 승률 5할을 넘은 적이 단 한 번도 없었다. 69년에야 비로소 100승 62패를 기록하면서 창단 후 처음으로 승률 5할을 넘기고 내셔널리그 동부지구의 우승을 차지했다. 그리고 여세를 몰아 서부지구 우승팀인 홈런왕 행크 에런Hank Aaron의 애틀랜타 브레이브스를 꺾고 내셔널리그 챔피언에 올랐다. 이것으로 그치지 않았다. 그해 월드시리즈에서 사상 최강으로 꼽히던 볼티모어 오리올스를 4승 1패로 대파하며 아예 메이저리그를 제패해버렸다. 창단 8년째의 일로 그때까지 신생 구단으로서는 가장 짧은 시간에 정상에 오른 경우다.

메츠 우승의 원동력은 누가 뭐래도 투수 톰 시버Tom Seaver였다. 1969년 한 해 동안 25승 7패에 평균자책점 2.21을 기록했는데, 열여덟 번의 완투와 다섯 번의 완봉승을 거뒀다. 최고의 투수에게 주는 사이영상Cy Young Award은 당연히 그의 몫이었다. 톰 시버는 월드시리즈 1차전에 선발로 출전해 4대1로 패했다. 그러나 메츠는 제리 쿠스먼Jerry Koosman을 선발로 내세워 2차전을 2대1로 따냈고, 3차전은 신예 게리 젠트리Gary Gentry의 눈부신 호투로 4대0 승리를 거뒀다. 그리고 다시 4차전에 나선 톰 시버는 10회까지 완투하며 2대1의 승리를 이끌어 우승의 견인차 역할을 톡톡히 했다. 그는 73년과 75년에 또다시 사이영상을 수상했으며, 메츠를 떠나 신시내티 레즈와 시카고 화이트삭스, 보스턴 레드삭스의 선수로 활동하면서 통산 311승, 2.86의 평균자책점과 3640개의 탈삼진을 기록했다. 잘생긴데다가 입담도 좋아서 많은 팬들의 사랑을 한 몸에 받았다. 92년 명예의 전당에 올랐고, 메츠가 배출한 최고의 투수로 아직까지 팬들의 기억에 남아 있다.

1973년에도 메츠는 월드시리즈에 올랐다. 이때의 상대는 오클랜드 애슬레틱스였다. 월드시리즈에 특히 강한 면모를 보인다고 해서 훗날 '10월의 사나이Mr. October'라 불린 레지 잭슨Reginald Martinez Jackson과 최고의 좌완 바이다 블루Vida Blue가 마운드를 지키는 오클랜드는 이미 지난해에 월드시리즈를 쟁패한 디펜딩챔피언이었다. 5차전까지도 3대2로 앞서 나가던 메츠는 두번째 우승을 눈앞에 둔 듯이 보였다. 그러나 6차전과 7차전을 오클랜드에게 내주고 준우승에 머물렀다. 메츠의 우승을 저지한 것은 다름 아닌 레지 잭슨이었다.

아메리칸리그 챔피언십에서 부상을 당해 1972년의 월드시리즈에는 출전하지 못했던 레지 잭슨은 그 분풀이라도 하듯이 정규시즌에 타율 0.293, 117타점, 32홈런, 99득점이라는 화려한 성적을 올렸다. 타점왕과 홈런왕에 이어 그해 사이영상을 수상한 짐 파머James Alvin Palmer를 제치고 MVP를 차지했다. 그리고 마침내 메츠와의 월드시리즈에서 첫 홈런을 치는 등 0.310의 타율에 6타점을 올리면서 오클랜드 애슬레틱스의 2년 연속 월드시리즈 재패에 공헌했다. '10월의 사나이'라는 별명이 아직 붙지도 않았을 때였다.

유학생 야구단의 투수가 되어

구장에 가서 야구를 보고 싶었지만 여의치 않아 나는 주로 텔레비전을 통해 야구를 즐길 수밖에 없었다. 혹시 중계방송을 놓치면 신문에 실린 경기 결과나 분석을 빼놓지 않고 찾아 읽었다. 그러는 사이 바쁜 생활에 쫓겨 잠시 제쳐두었던 야구에 다시 슬금슬금 빠져들었다. 아무래도 미국생활에 익숙해지고 점차 마음의 여유를 찾게 되자 슬그머니 야구 생각이 난 것이다. 가뜩이나 몇 되지도 않는 한국 유학생들인데 함께 모여서 야구도 하고 친목도 다지면 좋지 않겠느냐는 생각도 들었다. 1973년까지만 해도 프린스턴에는 한국 유학생이 예닐곱 명밖에 없었는데 모두 나보다 선배였다. 그런데 나만 기혼이고 모두 미혼, 그것도 아니면 부인이 서울에 있었다. 따라서 주말마다 모여 야구도 하고 우리집에서 식사도 함께 하면 좋을 것 같았다.

그리하여 프린스턴에 한국 유학생들로 구성된 야구팀이 생겼다. 그리고 프린스턴에서 가까운 뉴브런스윅의 럿거스, 뉴욕의 컬럼비아, 필라델피아의 펜실베이니아 유학생 야구팀도 만들었다. 이름은 야구팀이었지만 경기는 소프트볼이었다. 다들 책상물림들이어서 그런지 실력은 그다지 신통치 않았다. 처리하기 어렵지 않은 뜬공이 와도 직접 잡아서 아웃을 시키기보다 꼭 한 번 바운드를 시켜서 받는 이도 있었고, 가랑이 사이로 볼을 빠뜨리거나 낙하 지점을 잘못 포착해 만세를 부르는 경우도 허다했다. 나야 어릴 때부터 늘상 야구를 하며 자라서 익숙했지만 공부만 하던 학생들에게는 결코 쉽지 않았을 터였다.

내 포지션은 주로 투수였다. 투구는 소프트볼 규정에 따르면 아래에서 위로 똑바로 던져야 하는데, 평소에는 천천히 규정대로 던지다가도 주자가 나가 위기를 맞으면 마치 야구의 언더핸드 투수처럼 속도를 붙일 뿐만 아니라 손끝을 비틀어 스핀을 주어 던졌다. 대개는 삼진이거나 맞아도 멀리 나가지 못해서 쉽게 아웃 처리를 할 수 있었다. 지금 생각해보면 참 어처구니없는 잔머리를 썼다는 생각에 헛웃음이 나기도 한다. 하지만 그 때문인지 네 학교의 경기에서 우리 팀의 승률이 제일 높았다.

함께 모여서 외로움도 달래고 친목도 다지자는 뜻에서 생긴 네 개 대학의 소프트볼경기는 이후 유학생 친선모임으로 자리를 잡았다. 경기가 끝나면 함께 저녁도 하고 맥주도 한잔씩 하면서 우의를 다졌다. 그러던 것이 내가 귀국한 뒤에도 후배들에게까지 이어져 1990년대 중반까지 계속되었다는 얘기를 듣고는 한편 놀랍기도 하고 자랑스럽기도 했다. 나 스스로의 외로움과 답답함을 달래려고 시작한 야구였는데, 결국은 타국에서 힘들어하는 다른 사람들의 외로움과 답답함까지도 해소시켜준 격이 되었으니 스포츠의 힘이란 과연 대단하다.

야구 때문에 늦어진 박사학위 논문

문제는 이 야구경기에 몰두한 나머지 논문 작성 시기를 놓쳤다는 사실이다. 그 때문에 박사학위를 1년 정도 늦게 받기는 했지만 결코 허송세월이었다고 후회하지는 않는다. 야구는 내게 힘과 위로와 격려가 되어주었다.

"건강한 신체에 건강한 정신이 깃든다"는 말은 이미 고대 로마의 시인 유베날리스의 시에 나타나 있다. 현대 유럽인들이 이를 차용했고, 17세기의 정치사상가 존 로크는 그의 책 『교육에 대한 몇 가지 단상Some Thoughts Concerning Education』(박혜원이 『교육론』으로 번역했다)에서 "건강한 신체에 건강한 정신은 이 세상에서 행복한 상태를 간명하지만 완벽하게 표현한 것"이라고 규정했다. 나아가 그는 교육의 목표는 지·덕·체가 아닌 체·덕·지라고 주장했다. 체력을 강화한 후에 위기 극복 능력, 적응력, 창의력을 가르치고, 마지막에 가르칠 것이 지식이라는 그의 탁월한 견해에 백번 동의한다.

20여 년 전 런던정경대학에서 방문교수로 있을 때, 윈저궁 부근에 있는 이튼칼리지 학생들이 한겨울의 추위를 무릅쓰고 운동장에서 레슬링하는 모습을 보았다. 충격이었다. 그러나 곰곰이 되돌아보면 이런 훈련으로 다진 강인한 체력 그리고 페어플레이 정신이야말로 그들을 영국 최고의 지도자로 키운 자양분이라는 생각이 들었다. 또한 국가가 위기에 빠졌을 때 누구보다 먼저 위기의 현장에 달려나가게 하는 원동력이 되었으리라는 확신도 섰다. 우리의 교육도 그 방향을 다시 한번 고려해볼 때다. 이에 대해서는 뒤에서 다시 말하기로 하자.

야구 덕분에 쉽게 통과한 교수채용 면접

"나중에라도 학문의 길을 선택할 생각이 있다면 돈 많이 주는 뉴욕 연방준비은행이나 국제통화기금보다는 컬럼비아대학을 선택해라."

대학원에서 박사과정을 거의 마치고 진로를 고민하고 있을 때 내가 가장 좋아했던 블라인더 교수는 이렇게 충고했다. 그때 나는 이미 국제통화기금과 뉴욕연방준비은행을 비롯해, 『큰바위 얼굴』의 작가 호손과 『인생예찬』을 쓴 롱펠로가 나왔고 조순 선생님도 다니신 보든칼리지, 컬럼비아대학 등 네 군데에서 취업 허락을 받아놓은 터였다. 다들 놓치기 아까운 자리였지만 결국은 지도교수의 충고를 따라 컬럼비아대학을 택했다.

이런 결정을 하기 한 달 전쯤에, 나는 컬럼비아대학의 초대를 받아 그곳에서 이틀간 교수들과 숙식을 같이했다. 일종의 심층면접이었다. 함께 생활하면서 학문의 깊이는 물론 언행이나 사고방식까지도 세심히 관찰해보겠다는 의도였으리라. 아침부터 저녁까지 교수들과 붙어 다녔다. 밥도 같이 먹고 맥주도 한잔 마시면서 쉴 틈 없이 이야기를 나눴다. 대화의 주제는 일상적인 소소한 얘기부터 전공에 이르기까지 시공을 넘나들었다. 아무 의미 없이 툭 던지는 말 같았지만 곰곰이 생각해보면 그마저도 나를 평가하는 일종의 테스트였다.

첫날 첫 인터뷰 시간이었다. 담당교수와 단둘이 마주 앉아 면접을 보는 자리였다. 어떤 질문이 튀어나올지 모르니 자연 긴장이 되었다.

"프린스턴에서 박사과정까지 했으니 경제학이야 많이 알 테고 미국적인 것을 좀 물어보고 싶어요."

뜻밖이었다. 마이애미에서 석사과정을 마치고 프린스턴에서 박사과정을 밟았지만, 미국생활이 이제 채 5년도 되지 않은 내게 미국적인 것을 묻겠다니 움츠러들 수밖에 없었다. 아마 동양의 작은 나라에서 온 신출내기 박사 후보에게 '역사와 전통을 자랑하는' 컬럼비아대학의 학생들을 맡겨도 될지 시험하고 싶었던 모양이다. 마침내 담당교수가 내게 첫 질문을 던졌다.

"혹시, 야구 좀 아세요?"

질문을 듣자, 마치 팽팽하게 당겨졌던 활시위가 풀리기라도 한 듯 긴장이 가셨다. 담당교수의 귀에는 들리지 않았겠지만 안도의 한숨이 나왔다. 교수 입장에서는 야구야말로 가장 미국적인 스포츠요, 야구를 이해하면 미국을 이해하는 것이라고 여겨서 그런 질문을 했으리라. 그러나 내게 야구란 부전공이라고 하기엔 좀 그렇지만 누구에게도 뒤지지 않을 자신이 있는 분야가 아니었던가. 유학생활중 짬짬이 경기장을 찾아다니고, 형편이 안 되면 중계방송을 통해 경기를 보거나 신문에 실린 야구 기사를 샅샅이 훑던 시절이었으니 전혀 문제될 게 없었다. 순간 내 머릿속에 인터뷰를 준비하며 드와이트 재피 지도교수에게 들었던 말이 떠올랐다.

"아는 문제가 나오면 그것만 끝까지 물고 늘어져라. 교수가 다른 질문을 하지 못하도록……"

나는 컬럼비아대학이 있는 뉴욕의 야구팀인 메츠와 양키스를 중심으로 얘기를 풀어나갔다. 두 팀이 속한 내셔널리그와 아메리칸리그에 대해서도 설명했다. 그리고 1970년대 최고의 투수였던 톰 시버를 입에 올렸다. 뉴욕 메츠 소속으로 해마다 최고의 투수에게 주는 사이영상을 네 번이나 수상한 선수다. 또 오클랜드 애슬레틱스에서 나중에 뉴욕 양키스로 이적한 강타자 레지 잭슨의 이야기도 풀어놓았다. 나는 그 자리에서 이들을 비롯한 유명 선수들의 경력과 타율 또는 방어율을 줄줄이 읊었다. 선수 개개인의 장단점과 특징도 빼놓지 않았다.

지도교수의 조언대로 한 시간을 나 혼자 야구 이야기로 채웠다. 상대방이 다른 질문을 할 수 없도록. 예상은 적중했다. 담당교수는 한 시간 내내 맞장구를 치거나 고개를 끄덕이다가 인터뷰 시간을 다 보내버리고 말았다. 그는 다음 인터뷰 교수에게 나를 소개하며 미국 문화에 대해 상당히 아는 것 같다는 말도 곁들였다. 이렇게 첫번째 인터뷰를 끝내고 나니 자신이 생겼다. 대여섯 교수와 만난 후 내 박사학위 논문을 놓고 벌이는 세미나는 전혀 부담되지 않았다. 논문을 작성하는 동안 이미 충분히 공부한 전문분야였기 때문이다.

"한두 가지에 대해서는 모든 것을 알아야 한다. 그리고 다른 모든 것에 대해서도 약간은 알아둘 필요가 있다." 영국의 소설가이자

『연애대위법』의 저자인 올더스 헉슬리의 말이다. 살면서 어떤 것 하나만큼은 누구보다 확실히 알 때, 삶은 좀더 풍요로워진다. 특히 생업에 관련된 일은 세상 누구에게도 뒤지지 않을 만큼 잘 알아야 한다. 그렇지 않은 일반적인 세상사에 대해서도 전반적으로 조금씩은 알아두어야 한다. 그런 사람이 멋진 생활인이요, 건전한 상식을 지닌 사람이다. 정통한 분야가 있는 사람은 누구보다 자신감이 있어 당당해지고, 널리 알고 있으면 누구와 만나도 풍부하고 윤기 있는 대화를 이끌어갈 수 있다.

어릴 적부터 막연하게 동경해왔던 교수의 꿈은 그렇게 이루어졌다. 그리고 그것을 성취하는 데 기여한 것이, 초등학교 시절부터 외로움과 답답함에서 벗어나려고 몰두했던 야구라는 사실이 지금도 믿기지 않는다. 우연이라고 하기엔 도깨비장난 같고, 필연이라고 하기엔 너무 생뚱맞지 않은가.

지금도 내 이력에 빠지지 않는 컬럼비아대학 교수라는 직함은 이처럼 믿기 어려운 인터뷰를 통해 이루어졌다. 그래서 예부터 어른들이 "배워두면 다 쓸모가 있다"고 입버릇처럼 되뇌었는지도 모를 일이다.

내가 본
최고의 팀

스파키 감독과 빅레드머신

1970년대 신시내티 레즈의 활약을 기억하는 사람들은 제일 먼저 '스파키Sparky'라는 별칭으로 불리던 명감독 조지 앤더슨George Anderson과 가공할 만한 타력을 내뿜던 선수들인 '빅레드머신Big Red Machine'을 떠올릴 것이다. 아직도 눈에 선한 포수 조니 벤치Johnny Bench, 1루수 토니 페레스Tony Perez, 2루수 조 모건Joe Morgan, 3루수 피트 로즈Pete Rose, 외야수 조지 포스터George Foster와 켄 그리피 시니어George Kenneth Griffey Sr.······ 이름만으로도 상대 투수를 공포로 몰아넣은 이들은 당시 메이저리그 최고의 막강 타선이었다. 특히 이들의 연속 안타 능력이 기관총을 닮았다고 해서 붙여진 별명이 '빅레드머신'이다. 이들은 결국 가공할 만한 파괴력을 앞세워 75년과 76년 2년 연속 정규시즌 100승을 넘어서고 월드시리즈에서도 2연패를 차지하며 전성기를 누렸다.

암울한 1960년대를 보낸 신시내티 레즈가 이토록 달라진 면모를 보이기 시작한 것은 감독 스파키 앤더슨이 취임한 때부터였다. 70년 서른여섯의 젊은 나이로 감독에 발탁된 스파키는 취임 첫해에 102승 60패의 성적으로 팀에 패넌트레이스 우승을 안겨줬다. 비록 월드시리즈에서 볼티모어 오리올스에게 패해 정상에 오르는 데는 실패했지만 그동안 이렇다 할 성적을 내지 못하던 신시내티로서는 대단한 성적이 아닐 수 없었다. 처음에는 풋내기 감독이라고 비아냥거리던 팬들도 그를 인정했다.

신시내티 레즈는 이듬해 잠시 숨을 고르는가 싶더니 1972년 새롭게 가세한 조 모건과 MVP를 차지한 조니 벤치의 활약으로 또다시 월드시리즈에 진출하는 쾌거를 맛봤다. 오클랜드 애슬레틱스를 맞아 1승 3패로 막판에 몰린 신시내티는 2승을 추가, 승부를 원점으로 돌렸지만 마지막 경기에서 구원투수의 뼈아픈 난조로 다시금 정상 문턱에서 주저앉았다. 이해의 월드시리즈는 7경기 중 6경기가 1점 차이로 승부가 날 만큼 팽팽했다.

오를 듯 오를 듯하면서도 두 번이나 정상 문턱에서 넘어지곤 했던 신시내티의 잠재력이 폭발하기 시작한 것은 1975년. 108승 54패로 팀의 역대 최다승을 기록한 것은 물론이고, 서부지구 2위인 LA 다저스와는 무려 20게임 차이로 지역 우승을 차지했다. 피츠버그 파이리츠와 맞선 챔피언십시리즈도 손쉽게 이기고 월드시리즈에 진출했다. 상대는 월드시리즈 3연패의 위업을 쌓은 오클랜드 애슬레틱스를 꺾고 올라온 보스턴 레드삭스. 이때부터 두고두고 회자되는 월드시리즈의 명장면이 연출된다.

야구의 의외성, 인생도 그렇지 않은가

1차전과 4차전을 잡은 보스턴 레드삭스와 2, 3, 5차전에서 승리한 신시내티 레즈. 패배하면 시리즈를 넘겨주게 되는 보스턴은 어떻게든 홈구장인 펜웨이파크에서만큼은 승리를 거두고 오랜 '밤비노의 저주'(밤비노는 베이브 루스의 애칭으로 보스턴 레드삭스가 1920년 베이브 루스를 뉴욕 양키스로 트레이드시킨 후, 오랫동안 월드시리즈에서 한 번도 우승하지 못한 불운을 일컫는 말이다. 보스턴 레드삭스는 2004년 월드시리즈에서 86년 만에 우승을 거두면서 비로소 오랜 저주의 속설에서 벗어났다)를 깨려고 했다. 때마침 뉴잉글랜드에 내린 폭우로 경기는 72시간이나 지연되었다. 이것이 명승부를 알리는 전조임을 당시 아무도 생각하지 못했다.

6차전은 보스턴의 선취점으로 시작됐다. 1회에 터진 프레드 린 Fredric Michael Lynn의 3점 홈런으로 스코어는 순식간에 3대0. 그러나 신시내티에게 5회에 동점을 허용했다. 신시내티는 7회와 8회에도 점수를 추가해 6대3으로 경기를 역전시켰다. 월드시리즈를 차지하기까지 단 6개의 아웃카운트만 남은 신시내티다.

063 그러나 경기는 쉽게 끝나지 않았다. 8회말 공격에 나선 보스턴은

선두타자가 안타를 치고 출루하고 다음 타자는 볼넷으로 진루했다. 신시내티는 투수교체로 이 위기를 넘기려고 했다. 그리고 교체된 투수는 감독의 기대에 부응이라도 하듯이 첫 타자 드와이트 에번스Dwight Evans를 삼진으로 잡고, 두번째 타자인 릭 벌슨Rick Burleson마저 뜬공으로 처리했다.

순식간에 2사가 된 보스턴은 카보Bernardo Carbo를 대타로 내보냈다. 카보는 이미 3차전에서 대타로 나와 홈런을 쳤었다. 볼카운트 2스트라이크에서 받아친 3구가 운동장 가장 깊은 곳으로 날아가 관중석에 꽂혔다. 동점 홈런이자 월드시리즈 사상 최초로 대타로 나와 2개의 홈런을 치는 순간이었다.

보스턴은 9회말 무사만루의 기회를 잡았지만 병살타와 땅볼아웃으로 결국 살려내지 못하고 연장전에 돌입했다. 11회초 신시내티에게도 기회가 왔다. 그러나 켄 그리피 시니어를 1루에 두고 등장한 조 모건의 타구가 우측 펜스를 넘기 직전 야수의 호수비에 잡히면서 주자까지 아웃돼 또 무산.

경기는 12회에 접어들었지만 자리를 뜨는 사람은 아무도 없었다. 12회초 신시내티는 1아웃에 주자를 둘이나 내보내고도 기회를 날려버렸다. 마침내 이날의 하이라이트가 된 12회말. 타석에 피스크Carlton Fisk가 들어섰다. 휘두른 방망이에 맞은 공은 파울과 페어 사이에서 줄타기하며 외야를 향해 날아가더니 결국 폴대를 맞고 끝내기 홈런이 되었다. 신출내기 피스크가 전국적인 스타로 탄생하는 순간이었다. 이 승리로 보스턴은 마지막 승부를 7차전까지 몰고 갔다.

때로 현실은 소설보다 더 흥미진진하다. 월드시리즈에서 나온 두 개의 대타 홈런도 소설로 쓰면 현실성이 없다. 9회말 무사만루에서 한 점도 뽑지 못하거나, 주자가 둘이나 있는 상황에도 홈런성 타구를 잡아내 주자까지 아웃시키는 상황 역시 그렇다. 12회말 기대하지도 않았던 선수가 쏘아올린 홈런은 또 어떤가. 그러나 이것은 실제다. 야구의 묘미는 이런 의외성에 있다. 인생도 그렇지 않던가.

7차전 역시 흥미로운 경기였지만 이미 6차전이 보여준 극적인 상황 때문에 그다지 주목받지는 못했다. 시작은 보스턴이 3대0으로 앞서 나갔지만 6회에 토니 페레스가 2점 홈런을 치고 7회에 1점을 더 뽑으면서 동점이 되었다. 그리고 9회말, 조 모건의 적시타로 1점을 보태 4대3으로 신시내티가 이겼다. 신시내티가 35년 만에 월드시리즈의 주인공이 된 것이다. 동시에 밤비노의 저주가 계속되는 순간이었다.

이듬해에도 신시내티의 화력은 가라앉지 않았다. 정규시즌에서는 102승 60패를 기록했고, 월드시리즈에 오랜만에 올라온 뉴욕 양키스를 맞아 4승 무패로 2연패를 이룩했다. 스파키 감독이 지휘봉을 잡은 9년 동안 빅레드머신이 쌓은 업적은 그야말로 위대했다.

지구 우승을 여섯 번이나 차지했고, 월드시리즈에도 네 번이나 진출
했으며, 그중 두 번은 우승까지 거머쥐었다.

　스파키 감독은 1978년 신시내티를 떠나 디트로이트 타이거즈 감
독에 부임했다. 그리고 84년 디트로이트의 정규시즌 104승을 달성
하고, 그해 아메리칸리그와 월드시리즈까지 제패하는 특유의 지도
력을 발휘했다. 빅레드머신이라는 별명으로 불리우며 막강 타선을
형성했던 피트 로즈와 조 모건도 신시내티를 떠났다. 신시내티의
영광도 서서히 막을 내렸다. 이번에 아메리칸리그의 클리블랜드에
서 내셔널리그의 신시내티로 옮긴 추신수가 신시내티의 영광을 되
찾는 데 크게 기여하기를 기대해본다.

1977년 뉴욕 양키스와 악동 빌리 마틴 감독

뉴욕 양키스는 누구나 알다시피 스물일곱 번의 월드시리즈 우승
및 마흔 번의 아메리칸리그 우승 기록을 가진 메이저리그의 명실상
부한 명문 팀이다. 세로줄무늬 유니폼 때문에 '핀스트라이퍼스
Pinstripers'로도 불리는 양키스는 1901년에 창단되어 메이저리그의 영
욕을 함께해왔지만, 사람들에게 가장 강력한 인상을 남겨준 해는
77년이다.

　구단주인 조지 스타인브레너를 비롯해 뉴욕 양키스에서만 다섯
번 고용되고 다섯 번 해고된 빌리 마틴Alfred Manuel Martin 감독, '10월의

사나이'라는 별명을 확인시켜준 레지 잭슨 등이 양키스의 1977년을 만든 주인공들이다. 그리고 여기에 '캣피시Catfish' 제임스 헌터James Hunter, '영스타Young Star' 서먼 먼슨Thurman Munson 등이 가세해 65년부터 72년까지 8년 동안 한 번도 포스트시즌에 나가지 못한 것은 물론, 단 한 시즌도 지구 우승 경쟁조차 하지 못한 양키스를 월드시리즈 우승으로 이끌었다.

1975년 양키스의 감독으로 부임한 빌리 마틴은 이듬해 팀을 월드시리즈 준우승으로 이끌었다. 양키스 팬들에게 76년은 빌리 마틴 감독의 시대가 열린 해로 기억된다. 수틀리면 구단주와도 맞장을 붙고 소속팀 선수와도 멱살잡이를 하는 등 불같은 성격의 빌리 마틴은 현역 시절에도 그 명성(?)을 유감없이 빛냈다. 180센티미터의 키에 74킬로그램의 몸무게를 지닌 그는 운동선수치고는 그리 크지 않은 체구였지만, 성격이 다혈질에 술까지 좋아해서 늘 사고를 몰고 다녔다.

1950년 양키스 2루수로 메이저리그에 데뷔한 빌리 마틴은 뛰어난 성적을 남기지는 않았지만 기회에 강한 면모를 보여 실력을 인정받았다. 57년 나이트클럽 코파카바나에서 패싸움을 벌여 야구계에서는 오지로 통하는 캔자스시티 애슬레틱스(현 오클랜드 애슬레틱스)로 트레이드됐다. 신시내티 레즈 시절에는 빈볼을 날린 상대 투수에게 배트를 집어던지고 광대뼈를 부러뜨려 1만 달러의 벌금을 물기도 했다. 감독이 되어서도 마찬가지였다. 미네소타 트윈스 시절에는 자기 팀 투수를 패서 해고당했다. 디트로이트 타이거스에서는 고의로 상대 팀을 맞히라는 지시를 내렸다가 옷을 벗기도 했다.

그러나 빌리 마틴은 뛰어난 지도자였다. 감독 데뷔 첫해인 1969년에 미네소타 트윈스를 아메리칸리그 서부 우승으로 이끌었다. 디트로이트 타이거즈로 옮긴 뒤에는 만년 하위 팀을 2위로 만들었고, 오클랜드와 텍사스에서도 주목할 만한 성적을 올렸다. 그리고 마침내 구단주 조지 스타인브레너의 요청에 따라 75년 양키스의 감독으로 부임하게 되었다.

빌리 마틴의 거친 행동은 양키스에서 전성기를 맞았다. 구단주 조지 스타인브레너와는 간섭이 심하다는 이유로 스프링캠프에서 주먹다짐을 벌이기 일보직전까지 갔다. 레지 잭슨과는 TV로 생중계되는 가운데 멱살잡이를 했다. 평범한 플라이볼을 놓친 레지 잭슨을 즉각 교체하자 화가 난 레지 잭슨이 그에게 대들었기 때문이다. 주장 서먼 먼슨과도 주먹질이 오가기 직전에 선수들의 만류로 멈춘 적도 있었다. 저명한 야구평론가 짐 머레이는 빌리 마틴이 감독으로 있던 시절의 양키스를 가리켜 "움직이는 난투극단"이라는 표현을 썼을 정도다.

그러나 팬들은 그런 행동에 환호했다. 돈을 가지고 자기 마음대로 구단을 주무르고 심지어 작전까지도 간섭하는 구단주 조지 스타인브레너나, 오만하고 이기적이어서 남의 처지는 생각하지 않는 레지 잭슨에 거칠게 달려드는 모습으로 비쳤기 때문이다. 레지 잭슨과의 몸싸움이 생중계된 뒤에 열린 디트로이트전에서는 빌리 마틴이 소개되자 팬들이 모두 기립박수를 쳤고, 1979년 야인으로 있던 그가 다시 양키스 감독으로 부임한다는 장내 방송이 나가자 모든 팬들이 눈물을 흘릴 정도로 기뻐했다는 얘기는 유명하다. 난폭한 행동에도 그의 매력 또한 대단했다는 반증이리라. 사고를 칠 때마다 그는 이렇게 말했다.

"나는 감독이기 전에 사람이다."

그런 가운데서도 빌리 마틴은 양키스 감독으로 취임한 이듬해인 1976년부터 3년 연속 팀을 월드시리즈에 진출시켰고, 그중 두 번은 우승을 선사했다. 양키스의 희생양이 된 상대는 두 번 모두 LA 다저스였다. 88년을 끝으로 경기장에서 그의 모습을 볼 수 없게 되었다. 지금도 많은 양키스 팬들이 발로 땅을 차서 먼지를 일으키며 심판을 향해 욕설을 퍼붓는 그를 그리워한다. 그가 진정한 승부사였음을 기억하기 때문이다.

월드시리즈 4연타석 홈런의 주인공 레지 잭슨

통산 563홈런을 기록한 레지 잭슨의 별명은 '10월의 사나이'다. 이 별명은 10월에 열리는 월드시리즈에서 그가 누구보다도, 어떤 때보다도 강한 모습을 보였기 때문에 팬들에 의해 붙여졌다. 지금도 가장 인상적인 경기로 손꼽히는 1977년 LA 다저스와의 월드시리즈

경기는 그 하이라이트였다. 6차전까지 이어진 경기에서 그는 월드 시리즈 사상 최다인 5개의 홈런, 또 마지막 경기였던 6차전에서는 3개의 홈런을 연속으로 날렸다. 베이브 루스가 26년에 한 경기에서 3개의 홈런을 친 적은 있지만, 3연타석 홈런을 친 것은 그가 처음이 었다. 연속해서 3개의 홈런을 치자 감격한 관중들은 흥분하기 시작 했다. 무슨 일이 일어날지 몰라서인지 빌리 마틴은 레지 잭슨을 벤 치로 불러들였다. 라이트필드에서 더그아웃으로 뛰어들어온 잭슨 은 나폴레옹보다 더 위대한 영웅처럼 보였다.

레지 잭슨은 1966년 캔자스시티 애슬레틱스를 통해 지명을 받고 이듬해 메이저리그에 데뷔했지만 그리 주목받는 선수는 아니었다. 오클랜드로 연고지를 옮긴 68년에는 한 시즌 동안 주전으로 활약 했지만 삼진왕이라는 불명예만 얻었다. 다만 29개의 홈런이 그를 주전의 자리에 붙들어두는 역할을 했다.

그가 팬들에게 이름을 각인시킨 경기는 1971년의 올스타전, 야 구장 외야 스탠드의 조명탑을 맞추는 초대형 홈런을 기록하면서다. 무려 170미터짜리 초대형 홈런이었다. 그해 오클랜드 애슬레틱스 는 레지 잭슨과 투수인 바이다 블루, '캣피시' 헌터의 활약에 힘입 어 서부지구 1위에 올랐다. 무려 40년 만에 포스트시즌에 진출했 지만 볼티모어 오리올스에 3연패를 당하면서 주저앉았다. 72년에 는 팀이 월드시리즈에서 우승을 했다. 하지만 정작 레지 잭슨은 월 드시리즈 무대에 서지 못했다. 챔피언십에서 당한 부상 때문이었다. 대신 73년 타점왕과 홈런왕, MVP가 되고 오클랜드 애슬레틱스가 뉴욕 메츠를 꺾고 2년 연속 월드시리즈를 제패하는 데 공헌하였다.

1975년 35홈런으로 두번째 홈런왕을 차지했지만 팀은 리그 챔피언십에서 보스턴 레드삭스에게 무릎을 꿇었고, 그는 시즌이 끝난 후 볼티모어 오리올스로 트레이드됐다. 그리고 77년 드디어 양키스의 일원이 되어 핀스트라이프 유니폼을 입을 수 있었다.

양키스에서의 레지 잭슨은 그야말로 좌충우돌이었다. 입단할 때는 "나는 스타가 되기 위해서 뉴욕에 가는 게 아니라 예전부터 스타였다"고 떠벌이고 다닐 만큼 개성이 강해 시작부터 주장인 서먼 먼슨과 충돌했다. 또 거친 싸움꾼 빌리 마틴 감독과 사사건건 훈수를 두는 구단주 조지 스타인브레너와도 마찰을 일으켰다. 팬들 사이에서도 오만방자하고 이기적이라는 평을 들어야 했다.

하지만 활약만큼은 인상적이었다. 특히 1977년 LA 다저스와의 월드시리즈는 그를 위한 무대였다고 할 수 있었다. 리그 챔피언십에서 캔자스시티 로열스를 상대로 극도의 부진을 보였지만, 월드시리즈에서는 확연히 달라진 면모를 과시했다. 5차전까지의 타율이 0.353, 홈런도 2개나 기록했다.

그리고 운명의 6차전. 첫 타석에서 볼넷을 골라 출루한 레지 잭슨은 두번째 타석부터 신화를 써내려가기 시작한다. 4회말 버트 후튼Burt Hooton에게 2점 홈런, 5회말 엘리아스 소사Elias Sosa에게 2점 홈런, 8회말 찰리 허프Charlie Hough를 상대로 솔로 홈런. 월드시리즈 사상 최초로 3연타석 홈런이 터지는 순간이었다. 우연히도 모두 초구를 받아친 것이다. 더욱이 전날 경기의 마지막 타석에서 친 홈런까지 포함하면 4연타석 홈런이라는 신화적인 기록을 남긴 것이다. 그야말로 레지 잭슨의 날이었다.

월드시리즈 현장 관전

2008년 10월 하순 나는 필라델피아 시티즌스뱅크파크에서 열린 월드시리즈 경기를 직접 보러 갔다. 내셔널리그의 필라델피아 필리스와 아메리칸리그의 탬파베이 레이스의 4차전 경기였다. 나는 표 사기가 별 따기 같다 하여 경기장에서의 관람을 포기하고 TV로나 시청할 생각이었다. 그러나 마침 미국에서 메이저리그를 취재중이던 민훈기 기자의 배려로 프레스룸에서 편안히 보았다.

내가 안식년을 지내던 프린스턴에서 시티즌스뱅크파크까지는 보통 자동차로 2시간 반 정도 거리다. 필라델피아까지 가기는 어렵지 않아도 도착 후의 주차 사정 등을 알 길이 없어 택시—기차—택시로 경기장에 가자니 3시간도 더 걸렸다. 저녁 경기라 끝까지 보면 기차를 놓칠 새라 8회까지만 보고 다시 택시—기차—택시로 집에 오니 새벽 2시가 훨씬 넘었다. 그날 출발 시간은 오후 2시였다.

프레스룸에는 미국 기자는 말할 것도 없고 일본인처럼 보이는 동양인도 매우 많았다. 그러나 한국인이라고는 나와 민훈기 기자뿐이었다. WBC 4강 진출에 베이징올림픽 우승국으로서는 어울리지 않았다. 뉴욕이나 워싱턴에 특파원도 많을 텐데 왜 한 사람도 오지 않았는지 궁금해하자 민 기자는 아마도 글로벌 금융위기 취재 때문에 바쁘지 않겠느냐고 '착한' 해석을 했다. 행크 에런 타격상 시상식에도 가보았다. 에런이 직접 시상식에 나타났다. 그는 언제 보아도 마음씨 좋은 시골 아저씨다.

경기는 필라델피아 필리스가 탬파베이 레이스를 일방적으로 몰아붙여 큰 재미는 없었다. 필라델피아의 막강 투수진이 탬파베이를 무참히 봉쇄해버린 것이다. 탬파베이는 오클랜드와 마찬가지로 젊은 유망주를 싸게 스카우트해서 대어가 되면 다른 팀에 파는 '경제적' 야구단이었다. 젊은이들의 경험 부족이 신구 조화를 이룬 필라델피아를 이기기는 여간 어렵지 않았으리라.

월드시리즈를 TV로는 많이 보았지만 현장에서는 처음이었다. 참으로 신나는 날이었다. 나는 다음주 일요일 교회에서 프린스턴의 한국 동포들과 유학생들에게 "택시 잡기 힘들었다, 자정 무렵에 필라델피아에서 기차를 기다리는데 무서웠다"며 나이에 어울리지 않는 무용담을 털어놓았다. 내심은 월드시리즈 경기를 현장에서 보았다는 자랑이었다. 미국은 땅이 넓어서 야구장 찾아가기가 쉽지 않다. 관람하러 가기도 힘드니 선수들이 비행기로 이동하며 경기하기는 얼마나 힘들까 다시 한번 생각했다.

내 사전에 패배는 없다

명문 양키스는 M—M타선으로, 다시 말해 미키 맨틀Mickey Mantle과 로저 매리스Roger Maris 타선으로 1960년대 초반 월드시리즈를 석권한 후, 64년 월드시리즈 패배부터 72년까지 단 한 차례도 포스트시즌 진출은커녕 지구 우승도 넘보지 못할 정도로 극심한 부진에 빠져들었다. 66년에는 승률이 5할 밑으로 떨어졌고, 67년에는 리그 꼴찌로 전락하기도 했다. 새롭게 구단을 인수한 사람은 선박회사를 운영하는 사업가 조지 스타인브레너였다. 오하이오 출신이었지만 조 디마지오Joe DiMaggio와 빌 디키William Malcolm Dickey를 좋아하는 양키스 팬이었던 아버지를 따라 어렸을 때부터 양키스의 경기를 보며 자랐다.

그의 꿈은 유능한 코치가 되는 것이었다. 공군에서 복무를 마친 뒤 한때 오하이오 주 콜롬버스의 한 고등학교에서 미식축구와 농구 코치를 지내기도 하고, 아버지에게 사업을 물려받기 전까지는 노스웨스턴대학과 퍼듀대학의 미식축구팀에서 보조코치로 꿈을 키웠다. 회사를 경영하면서도 미련을 버리지 못해 1960년에는 클리블랜드 파이퍼스라는 농구팀을 인수해 아마추어리그 우승팀을 만들기도 했다. 이 농구팀은 NBA의 가입 승인을 받았지만 가입비를 마련하지 못하고 파산했다. 72년 고향인 클리블랜드의 야구팀 인디언

스가 매물로 나왔지만 구단주가 되는 데는 실패했다. 그리고 마침내 CBS가 양키스 운영에 두 손을 들자 돈줄을 찾고 있던 양키스의 회장 마이클 버크를 통해 구단을 인수했다. 이때 발표된 금액이 1000만 달러. 그러나 훗날 이는 체면치레를 위한 거짓말이었음이 들통난다. 실제 금액은 880만 달러였다.

구단주로 취임한 조지 스타인브레너는 구단 일은 회장인 마이클 버크에게 전적으로 맡기겠다고 밝혔지만 실제로는 그렇지 않았다. 4개월 만에 버크를 해임했고 투자자들과도 결별했다. 스타인브레너의 독재가 시작된 것이다. 군사학교를 졸업하고 군생활을 경험했으며, 무엇보다 엄격한 아버지 밑에서 완벽주의자로 자란 그는 자신이 정한 규칙과 기준에 모든 직원들이 따르기를 원했다.

그 첫 조치가 장발 금지였다. 일부 선수들이 반발했지만 그의 대답은 요지부동이었다. 싫으면 나가면 될 것 아니냐는 그의 배짱에 아무도 이의를 달지 못했다. 장발뿐 아니라 수염도 기르지 못하게 했다. 다만 콧수염은 예외였는데, 자신이 대학 시절 아버지의 허락을 받고 길러본 적이 있어서 그렇다는 얘기도 있고, 홈런타자 레지 잭슨의 콧수염을 허락하다보니 그렇다는 말도 있는데 정확하지는 않다. 그 때문에 염소수염과 장발이 트레이드마크였던 제이슨 지암비Jason Giambi와 무성한 수염으로 '동굴맨'으로 기억되는 조니 데이먼Johnny Damon도 양키스 입단을 앞두고 머리와 수염을 정리해야 했다. '빅 유닛Big Unit' 랜디 존슨Randall Johnson도 긴 머리를 싹둑 잘랐다.

조지 스타인브레너의 악명은 무자비한 해고로 더 유명하다. 1973년부터 90년까지 열여덟 번이나 감독을 교체했다. 3년을 버틴 감독이 없었다. 단장도 열세 번이나 바뀌었다. 85년의 해고는 최악이었다. 64년에 양키스를 떠난 뒤 20년 만인 84년 요기 베라Lawrence Peter Berra가 감독으로 왔다. 스타인브레너는 베라가 그해 포스트시즌 진출에는 실패했지만 새로운 시즌도 맡기겠다고 공언했다. 그러나 시즌 개막 후 단 16경기 만에 베라는 해임됐다. 해임의 이유야 많겠지만 근본적으로 그는 구단주이면서 감독이고 싶어했다. 심지어 감독에게 작전을 지시하는 일도 있었다. 댈러스 그린Dallas Green 감독은 해임 통보를 받은 자리에서 "양키스의 감독은 전에도 조지였고 앞으로도 조지일 것"이라며 "조지 감독님, 어디 잘해보슈!" 하고 떠난 일도 있었다.

다섯 번 기용되고 다섯 번 해임돼서 "나는 해임되기 위해 채용됐다"고 입버릇처럼 말하던 빌리 마틴 감독은 첫 해임 때 "이 뭣 같은 팀에는 타고난 거짓말쟁이 하나와 범죄자 하나가 있다"는 폭언을 퍼붓기도 했다. 타고난 거짓말쟁이는 경기 도중 자신과 멱살잡이를 했던 레지 잭슨을, 범죄자는 1974년 대통령 선거 때 공화당을 위해 불법자금을 모금했다가 유죄판결을 받은 스타인브레너를 말하는 것이었다. 이런 독설에도 스타인브레너는 빌리 마틴을 진짜 사나이로 인정했다. 자기 앞에서 굽힐 줄 모르는 유일한 사람이었기 때문이다.

어찌 보면 괴팍하기까지 한 스타인브레너의 이런 행동은 모두 승리에 대한 집착에서 나왔다. 그는 구단이 팬에게 줄 수 있는 최고의 서비스는 승리라고 생각했다. 프로구단을 운영하는 구단주 입장에서는 너무나 당연한 인식이었다. 그에게 '아름다운 패배'란 없었다. 그가 〈뉴욕 타임스〉에 "나는 지는 것을 정말 싫어한다. 내 인생에서 승리는 숨 쉬는 것 다음으로 중요하다"고 한 것은 승리가 그에게 어떤 의미였는지를 말해준다. 2008년 시즌이 끝난 후 그는 둘째 아들 할에게 구단을 물려주고 은퇴를 선언했다. 그리고 10년 7월, 많은 양키스 팬들의 애도 속에 세상을 떠났다. 양키스 유니폼에는 그의 이니셜 GMS George Michael Steinbrenner가 새겨져 있다.

잊을 수 없는
기억

세인트루이스, 그리고 스탠 뮤지얼

초등학교 5학년이던 1958년 가을 어느 날 아침, 계단을 따라 교실로 올라가던 나는 2층과 3층 사이의 난간에 붙은 한 장의 포스터를 발견했다. 거기에는 메이저리그의 손꼽히는 스타이자 세인트루이스 카디널스의 간판 타자인 스탠 뮤지얼Stanley Frank Musial이 힘차게 배트를 휘두르는 모습이 담겨 있었다.

포스터 속 그의 호쾌한 스윙 폼만으로도 감탄했지만 며칠 후 한국일보에서 그에 대한 이런저런 기사를 보고 나서는 가슴이 벅찼다. 기사에 나온 스탠 뮤지얼은 일곱 번이나 내셔널리그 타격왕으로 뽑혔고 세 번이나 MVP에 선정되었으며 당시 서른일곱의 나이로도 현역에서 왕성한 활동을 하고 있었다. 1941년 세인트루이스에서 메이저리그 선수생활을 시작한 이후로 단 한 번도 팀을 옮기지 않은

데다가 기록 못지않게 예의도 바르고 매너도 좋아서 소속팀인 세인트루이스 카디널스는 물론 모든 야구팬들에게 최고의 스타였다.

그를 부르는 별명인 '바로 그 사람 스탠Stan The Man'은 세인트루이스 팬들이 지어준 것이 아니라 당시에는 다저스의 연고지였던 브루클린 팬들이 붙여주었다. 한마디로 실력도 좋고 매너도 좋다는 뜻이다. 1957년 내셔널리그 올스타 투표에서 신시내티 레즈 선수들이 여덟 자리를 차지할 때에도 뮤지얼만이 유일하게 신시내티 선수가 아니면서 올스타에 오를 정도였다.

계단에 붙은 포스터는 미국 메이저리그의 명문 구단 세인트루이스 카디널스와 스탠 뮤지얼이 우리나라를 방문해 야구경기를 벌인다는 광고였다. 한참 동네야구에 푹 빠졌던 내게는 더할 나위 없이 반가운 소식이었다. 야구의 본고장인 미국의 메이저리거들이 벌이는 경기를 우리나라에서 볼 수 있다니, 메이저리그 최고의 스타 스탠 뮤지얼의 경기 모습을 볼 수 있다니…… 상상만으로도 가슴이 뛸 노릇인데, 이건 상상이 아니라 현실이었다. 해방 이후 최초로 메이저리그 팀이 방문해 첫 경기를 치르는 역사적인 사건이기도 했다. 세인트루이스 카디널스의 일본 원정을 주선했던 일본계 미국인 프로모터 히노와 친분이 있었던 한국일보 장기영 사장의 특별 초청으로 성사된 경기였다. 운 좋게도 나는 티켓 한 장을 손에 쥘 수 있었다. 마침 고종사촌 형이 서울운동장에서 근무하고 있었기 때문이다.

세 살 버릇이 여든까지 간다는 말처럼 어린 시절의 경험은 사람의 앞날에 큰 영향을 주기 마련이다. 내가 다닌 창경초등학교의 벽에 어떻게 스탠 뮤지얼의 포스터, 다시 말해 세인트루이스 카디널스의 경기를 알리는 포스터가 붙어 있었는지는 전혀 알 길이 없다. 그러나 그 포스터 한 장이 내 일생 동안의 야구 사랑을 심어준 계기가 되었음은 틀림없다. 이런 경험을 통해 어릴 적 교육의 중요성에 스스로 놀라곤 한다.

그라운드에서 만난 야구의 전설

지금은 철거되고 없어진 동대문운동장을 당시에는 서울운동장이라고 불렀다. 그러니까 세인트루이스와의 경기가 벌어진 곳은 서울운동장 야구장이었고, 이때 막 내야 스탠드가 완공되었다. 야구장에는 2만여 관중이 가득 들어찼다. 이승만 대통령도 모습을 드러냈다. 이승만 대통령은 이날 시구를 했는데, 요즘의 시구와는 전혀 달랐다. 시구자인 대통령은 마운드가 아니라 본부석인 백네트 뒤에서 그라운드에 있던 포수 김영조 선수에게 공을 던져주었다. 그러자니 본부석과 그라운드가 통할 수 있도록 백네트 철조망을 둥그렇게 잘라 구멍을 내야 했다. 이때까지 대통령이 경기에 앞서 시구를 한 적이 한 번도 없었으니, 이 또한 역사적 사건이다.

세인트루이스와 맞붙은 우리 팀은 실업선수들로 꾸리고 서울 대표팀이라고 불렸지만 실제로는 국가대표와 다름 없었다. 금융조합

연합팀의 감독이던 오윤환 씨가 감독을 맡았다. 투수에 주장 완장을 찬 한태동을 비롯해 김양중, 배용섭, 포수에 김영조, 야수에 성기영, 김진영, 박현식, 장태영, 김희련, 김정환, 허정규, 정두영 등 기라성 같은 선수들이 포진했다. 야구에 관심이 있는 분들에게는 전설적인 이름들이다.

우리 팀에는 1948년 장태영의 경남중과 청룡기 결승에서 만나 팽팽한 투수전을 벌이다 11회 연장 끝에 우승을 차지해 영웅이 된, 광주서중(지금의 광주제일고의 모태) 출신의 걸출한 투수 김양중이 있었다. 그러나 감독은 배용섭을 선발로 내세웠다. 빠른 공에 익숙한 세인트루이스 타자들에게 느린 커브가 주무기인 배용섭의 공이 통할 거라고 판단했기 때문이다. 중학 시절부터 '태양을 던지는 사나이' '황금 왼팔' 등의 별명으로 불리며 '무적 경남중'을 이끌었던 장태영도 있었지만 실업팀에 입단하면서 외야수로 전향한 터였다.

그러나 배용섭 선수의 느린 커브는 세인트루이스의 타자들을 전혀 공략하지 못했다. 140~50킬로미터를 넘나드는 강속구를 상대하던 선수들에게 100킬로미터 안팎의 공은 그저 프리배팅용일 뿐이었다. 1회가 시작되면서부터 선두타자의 좌전안타, 2번 타자의 우전안타가 잇달아 터졌다. 이어서 등장한 스탠 뮤지얼이 우중월 2루타를 터뜨리면서 선취점을 올렸다. 메이저리그의 높은 벽을 실감하는 순간이었다. 선발투수 배용섭은 아웃카운트를 하나도 잡지 못하고 마운드를 내려왔다.

구원투수는 김양중. 우리 팀의 에이스답게 4번 타자 보이어Ken Boyer를 플라이아웃으로 잡고 5번 타자 커닝햄Joe Cunningham을 삼진으로 돌려 세워 순식간에 2아웃을 만들었다. 6번 타자 그린Gene Green을 내야땅볼로 잡아내면서 마음을 졸이며 지켜보던 관중들은 가슴을 쓸어내렸다. 특히 김양중은 그린과의 승부에서 타구를 머리에 맞고 쓰러지는 위기를 맞기도 했다. 하지만 어렸을 때부터 가난한 집안을 돕기 위해 나무를 해다 팔며 다져진 강철 체력 덕분인지 다시 일어서서 투구를 이어갔다. 이날 김양중은 7회까지 세인트루이스 타선을 무실점으로 막았지만 8회와 9회에 각각 1점씩을 내주면서 우리 팀은 3대0으로 패했다. 우리 팀에서 안타를 기록한 선수는 1번 타자 성기영과 7번 타자 김희련, 8번 타자 김양중이 전부다. 2루까지 진루한 것도 3번 타자 장태영이 볼넷을 골라 1루에 나간 뒤 도루에 성공한 것이 유일했다.

세인트루이스의 선발투수는 그해 시카고 컵스에서 이적해 11승을 올린 브로스넌Jim Brosnan. 193센티미터의 큰 키에서 뿜어내는 투구는 가히 위력적이었다. 이날 경기에서 브로스넌에게 안타를 뽑아낸 성기영 선수는 훗날 인터뷰에서 이런 평가를 했다.

"메이저리그 투수답게 공이 위력적이었다. 키가 2미터인 투수가 마운드에서 긴 팔로 휙 던지는데 제대로 맞았다고 생각했지만 1, 2루 간 땅볼이 됐을 정도였다. 그런 공은 처음 상대했다."

스탠 뮤지얼에게 삼진을 먹인 김양중 선수

그렇지만 뭐니뭐니해도 이 경기의 하이라이트는 김양중 선수가 강타자 스탠 뮤지얼을 삼진으로 잡은 대목이 아닐 수 없다. 김양중은 6회 타석에 들어선 뮤지얼을 상대로 볼카운트를 2스트라이크 1볼로 유리하게 이끌었다. 그리고 네번째 공을 스트라이크존에 꽉 차게 던졌다. 뮤지얼조차도 꼼짝없이 당했다는 표정이었다. 그러나 미국인 주심의 손은 올라가지 않았다. 관중석에서 야유가 터져나왔다. 어이없는 판정에 흔들렸던지 김양중의 다섯번째 공은 스트라이크존과 거리가 있었지만 뮤지얼의 배트는 돌아갔다. 그리고 그는 뒤도 돌아보지 않고 더그아웃으로 걸어들어갔다. 뛰어난 피칭에 대한 경의의 표시요 오심에 대한 선수로서의 매너라고 여겨져 아주 인상적이었다. 그날 저녁 호텔에서 김양중 선수를 만난 스탠 뮤지얼이 이런 말을 했다고 한다. "당신이 던진 그 공이 내겐 가장 승부하기 힘든 공이었다." 그럼에도 뮤지얼은 이날 5타수 3안타를 기록함으로써 자신의 명성을 다시 한번 확인시켜주었다.

2004년 말, 나는 김양중 선수를 직접 만난 적이 있다. 그해는 서울대 야구부가 창단 이후 198패 1무승부를 기록하다가 마침내 1승을 거둔 해였다. 매스컴에서는 이 첫 승을 두고 "꼴찌의 반란"이니 "기적의 첫 승"이니 하며 대대적인 보도를 했다. 특기생 하나 없는 서울대 야구부에게는 그 같은 표현이 결코 과장이 아니었다. 어떤 신문은 총장이 야구를 좋아해서 선수들이 용기를 내 1승을 거둘 수 있었다고 보도하기도 했다. 아마도 서울대의 아마추어 정신을 높이 샀던지 중견 야구인들의 모임인 일구회(1991년 프로야구와 아마추어야구 전·현직 지도자들이 만든 단체. 은퇴한 야구인들의 권익 보호와 한국 야구의 후진 양성에 힘쓰는 사업을 하고 있으며 2010년도에 사단법인으로 재출범했다)에서 대상을 주었다. 나는 서울대 총장 자격으로 그 자리에 참석했는데, 당시 일구회 회장이 바로 김양중 씨였다. 첫 만남이었지만 전혀 어색하지 않았던 것은 초등학교 5학년 때 관람한 세인트루이스 카디널스와 서울 대표팀의 경기를 화제로 올릴 수 있었기 때문이다.

세인트루이스에게 비록 3대0으로 지기는 했지만 서울 대표팀으로서는 대단한 선전이었다. 자료를 찾아보니 세인트루이스는 10안타 4삼진 4사사구, 우리 팀은 3안타 5삼진 1사사구를 기록했다. 김양중과 장태영, 아시아의 베이브 루스라 불리던 박현식 등 역대 최강의 선수들로 대표팀을 꾸렸다고는 하나 모두들 메이저리그와는 상대도 되지 않으리라고 여긴 것을 생각하면 예상이 보기 좋게 빗나간 대단한 선전이었다.

과연 세인트루이스 선수들은 훌륭했다. 큰 키에서 뿜어져나오는 위력적인 피칭, 야수들의 신기에 가까운 수비, 강한 어깨, 타자들의 넘치는 힘과 스피드는 메이저리그의 참모습을 보여주기에 충분했다. 그런 가운데에서도 비록 안타는 세 개밖에 치지 못했지만 삼진이 네 개에 그쳤다는 것은 우리가 그만큼 공에 집중했다는 말이기도 하다. 또 타구에 맞아 쓰러졌으면서도 끝까지 호투를 하며 삼진을 네 개나 뽑아낸 투수 김양중이 훌륭했고 포수 김영조의 리드는 더 바랄게 없었다. 한국 야구가 그리 만만치 않음을 처음으로 세상에 보여준 인상 깊은 경기였다.

어린 시절 나에게 김영조 선수는 참으로 인상적이었다. 일본에서 학교를 다니고 그곳에서 선수생활도 했던 그는 포수로서 훌륭했을 뿐 아니라 그야말로 자유자재로 안타를 쳤다. 한때 농협 감독 겸 선수로 있던 그는 8,9회쯤 1,2점을 뒤지고 주자가 2루 또는 3루에 있을 때면 꼭 대타로 나와서 2루 베이스를 살짝 넘는 중견수 앞 안타로 전세를 뒤집었다. 리더십 또한 일품이어서 적어도 어린 내 눈에 비치기로는 큰소리 한번 치지 않고 동료와 후배 선수들을 잘 거느렸다.

고교야구의
추억

한국 야구 1세대 트로이카―장태영, 김양중, 박현식

흔히들 고교야구를 얘기하면 1970년대를 떠올리지만 해방 직후인
40년대 후반에도 이미 고교야구는 인기 종목이었다. 전국 규모의
대회가 처음 생긴 것도 그때다. 46년에 자유신문사 주최로 열린 '전
국중등야구선수권대회'가 전국 규모의 첫 대회다. 이 대회는 50년
단행된 학제 개편 이후로 대회 명칭도 청룡기대회로, 주관사도 조
선일보로 바뀌었다.

이 대회에서 등장한 고교야구의 샛별은 장태영이었다. 경남중학
(이때 중학교는 후일의 중고등학교를 포함한 것이다)의 장태영은 1회 대회
에서 유격수로 출전해 팀을 준우승으로 이끌었고, 2회 대회에서는
투수로 변신해 대구중학을 꺾고 우승을 일궈냈다. 그리고 3회 대회
에서도 당시 최고의 투수이자 홈런타자인 박현식이 이끄는 경기중

학과 팽팽한 투수전 끝에 승리를 거두고 연거푸 우승을 따냈다. 우리 야구사에 등장한 최초의 스타였다.

청룡기가 생긴 이듬해인 1947년에는 동아일보의 '전국지구별대표 중등야구쟁패전'이 막을 올렸다. 우리가 지금은 '황금사자기'라고 부르는 대회이다. 장태영의 활약은 황금사자기에서도 이어졌다. 1회 대회에서부터 경기중학을 꺾고 우승을 차지했다. 경기중학은 자존심에 큰 상처를 입었다. 야구 역사로 보나 실력으로 보나 전국 최고요 최강이라 믿어왔던 자신감이 무너진 탓이었다. 이를 만회하기 위해 경기중학은 인천 동산중학의 에이스이자 간판 타자인 박현식을 스카우트해왔다. 2회 대회에서도 두 팀은 결승에서 맞붙었다. 그러나 청룡기에서처럼 경남중학의 승리로 끝났다. 우승을 위해 경기중학으로 스카우트되었던 박현식은 결국 꿈을 이루지 못하고 다시 동산중학으로 돌아갔다. 경남중학은 3회 대회마저 제패하고 황금사자기 3연패를 이뤘다.

장태영을 앞세워 전국대회를 독식하다시피한 경남중의 무패 행진에 제동을 건 팀은 김양중이 있는 광주서중이었다. 4회 청룡기 결승에서 만난 두 팀은 불꽃 튀는 투수전을 펼쳤고, 11회 연장 끝에 광주서중이 2대1로 이겨 새로운 챔피언이 되었다. 경남중의 청룡기 3연패는 좌절되었지만, 대신 김양중이라는 또 하나의 스타가 탄생한 대회였다. 지금도 야구사를 논할 때면 늘 빠지지 않는 얘기 가운데 하나가 경남중과 광주서중의 바로 이 경기다.

장태영과 김양중 그리고 우승을 이루지는 못하고 늘 정상 앞에서 무릎을 꿇어야 했던 박현식은 우리 야구 1세대를 이끄는 트로이카 역할을 했다. 이후 장태영은 서울상대에 진학해 야구를 계속했고, 박현식은 서울상대에 합격은 했으나 어려운 가정형편 때문에 지금의 대한통운인 조선운수를 택했다. 김양중 역시 농협의 전신인 금융조합에서 선수생활을 계속하다가, 전쟁이 끝난 후 세 사람 모두 육군 야구팀에서 한솥밥을 먹는 사이가 되었다. 이 셋이 한 팀이 되어 뛰었던 1955~58년 사이의 육군팀은 최고의 전성기를 누렸다.

1950년대 야구를 장악했던 지역 라이벌 인천고와 동산고

그 후로도 전국 규모의 대회는 속속 생겨났다. 1949년에는 지방 신문사로서는 최초로 부산의 산업신문사가 '화랑대기 전국고교야구대회'를 개최했다. 이 대회는 이후 명칭은 유지되었으나 주관사만 부산일보로 변경됐다.

1950년에 민족사의 비극인 한국전쟁이 시작되었고, 뜨거운 야구 열기도 전쟁을 피해갈 수는 없었다. 전쟁이 터지기 꼭 일주일 전 신흥 강호 대구상중(구 대구상고, 현 상원고)을 우승팀으로 배출한 청룡기 결승전 이후 황금사자기는 그해 대회조차 치르지 못했고, 그 후 청룡기는 두 해, 황금사자기는 네 해나 경기를 중단했다.

전쟁이 끝나고 다시 열린 대회에서 학생야구의 판도는 확연히 바뀌었다. 전쟁 이전까지는 두 라이벌인 경남중과 광주서중을 중심으로 경기중과 휘문중 그리고 동래중 등이 강팀을 이루었다면, 전쟁 이후에는 인천 야구의 강세가 두드러졌다. 인천을 가리켜 '야도野都'라는 이름이 붙여진 것도 이즈음이다. 또 이 시기에 학제도 바뀌어서 5년제 중학교가 3년제 중학교와 3년제 고등학교로 분리되었다.

인천고와 함께 동향 라이벌인 동산고가 각각 청룡기와 황금사자기에서 번갈아가며 우승했다. 그야말로 인천 야구의 독주였다. 강속구가 주무기인 서동준을 앞세운 인천고는 1952년 전국체전부터 시작해 53년에는 청룡기를 품에 안았고, 그해의 전국체전까지 휩쓸었다. 서동준이 졸업하고 조선운수로 빠져나간 54년에도 청룡기에서 우승하며 이 대회 2연패를 달성했고, 그해 황금사자기까지 거머쥐었다. 인천고의 청룡기 3연패를 저지한 것은 동산고. 그야말로 혜성같이 나타난 신인식이 그 선봉에 섰다. 결코 크지 않은 체구였지만 별다른 변화구 없이 오로지 강속구만으로 승부를 보던 신인식은 재학중이던 3년 동안 팀에 청룡기 3연패의 영광을 안겼다. 특히 56년 중앙고와의 결승에서는 노히트노런을 기록하기도 했다.

그렇게 쏟아부었는데 우승을 못하면 안 되지

화무십일홍花無十日紅이라는 말처럼 영원할 것 같던 인천 야구도

1950년대 후반에는 서울의 경기공고와 경동고에 자리를 내주게 된다. 그리고 61년 5·16 이후부터는 부산고, 부산공고, 부산상고, 경남고 등 구도球都라는 이름으로 불리는 부산 야구와, 전국대회 최다 우승에 빛나는 경북고와 대구상고 등의 대구 야구가 그 자리를 차지했다. 그 시절 어떤 친구가 부산 야구가 강한 이유를 이렇게 설명했다.

"부산은 일본하고 가까워서 일본 방송을 볼 수 있대. 선진 야구를 많이 보니까 부산 애들이 야구를 잘할 수밖에 없는 거야."

일본이 도쿄 쿄진(현 요미우리 자이언츠)을 비롯해 7개 팀으로 일본 직업야구연맹(JPBL)을 조직하고 경기를 시작한 것이 1936년이고, 현재와 같이 센트럴리그와 퍼시픽리그의 양대 리그를 발족한 것이 50년이다. 이 같은 사실을 감안하면 그 친구의 해석도 결코 과장이 아니다. 지금이야 위성안테나를 달면 전 세계의 방송을 안방에서 볼 수 있지만, 그 시절에 일본 야구를 TV 화면으로나마 접할 수 있었던 것은 부산 야구 발전에 큰 보탬이 됐을 것이다. 또한 야구에 열광적인 부산의 팬들도 적지 않은 영향을 받았을 것이다.

대구 야구가 강한 이유에 대해서는 재미있는 얘기가 있다. 언젠가 대학 시절 어떤 교수님과 이런저런 이야기를 나누던 끝에 야구가 화제에 올랐다.

"이번에 경북고등학교가 또 우승을 했던데요."

그 교수님은 내 말이 채 끝나기도 전에 대답을 했다.

"그렇게 쏟아부었는데 우승을 못하면 그게 더 이상하지. 하하."

그때 경북고 출신의 내 클래스메이트 김승진(후일 한국외대 교수)이 머쓱해하던 모습이 지금도 생생하다. 그 교수님의 말씀은 농반진반이었겠지만 5·16 이후 들어선 박정희 정권은 대구 야구에 많은 지원을 아끼지 않았다. 또한 고교야구 전반의 활성화에도 많은 노력을 기울였다. 아마 79년 12·12 쿠데타로 집권한 전두환 정권이 프로야구를 출범시켜 국민들의 곱지 않은 시선을 돌리려고 했던 의도와 크게 다르지 않을 것이다. 그에 힘입은 탓인지 지금까지 경북고는 지방대회를 포함해 총 30여 회의 우승, 대구상고는 20여 회의 우승을 일궈냈다.

전설적인 최강의 고교팀—백인천과 경동고

60대 중후반 나이에 야구를 좋아하는 사람이라면 1960년의 경동고등학교를 기억하지 못하는 사람이 없을 것이다. 지금껏 수많은 학교가 전국대회 우승을 차지하고 또 스타들을 배출했지만, 이 시기의 경동고만한 팀은 아직 보지 못했다.

전국 최강 경동고의 중심에는 김일배 감독이 있었다. 김 감독은 1975년과 76년 신시내티 레즈를 월드시리즈 정상에 올려놓은 스파키 앤더슨 감독과 백발이 꼭 닮았다. 차이가 있다면 김 감독은 항상 근엄했고 앤더슨은 항상 미소를 띠었다. 김 감독은 와세다대학 야구부 주장을 지냈고, 넘치는 카리스마와 지도력을 인정받아 훗날 국가대표 감독을 맡기도 했다. 요즘도 해마다 최고의 아마추어야구팀 감독에게 '김일배 지도자상'이 주어진다.

경동고 선수들의 면면도 최강이었다. '원자탄 투수'라 불리던 현일구회 회장 이재환을 비롯해 포수 백인천, 3루수 오춘삼은 '환상의 트리오'라는 이름으로 불렸다. 그 밖에도 1루수 고정안, 2루수 김휘만, 유격수 이영호, 외야수 김정호, 투수 주성현 등 당대 최고의 선수들이 최고의 팀워크를 갖추었다. 특히 백인천은 1학년이던 1958년부터 명성을 날렸다. 2학년 때 '이영민 타격상'을 받았고, 3학년 때는 고교선수로는 해방 이후 처음으로 동대문야구장에서 홈런을 터뜨린 주인공이 되기도 했다.

경동고는 1959년 황금사자기 우승, 청룡기 준우승을 차지한 뒤, 60년에는 아예 이 두 대회를 휩쓸어버렸다. 이해 전적이 32승 무패 2무였으니 그야말로 무적이었다. 심지어 실업야구선수권대회에 참가신청을 내는 에피소드도 있었다. 자존심이 상한 실업팀으로부터 비난을 받고 반려되기는 했지만 더이상 고교팀에는 적수가 없다는 자신감의 표현이기도 했다.

경동고가 사람들의 뇌리에 깊이 각인된 것은 바로 이해에 벌어졌던 제5회 재일동포 학생선수단 방문경기에서였다. 경동고와 맞붙기 전까지 재일동포팀도 13전 12승 1무를 기록하는 중이어서 무패 팀끼리의 대결은 더욱 관심을 끌었다. 그리고 마침내 격돌한 경기에서 양팀은 공교롭게도 무승부를 기록했다. 한국 야구보다 몇 수위를 자랑하는 재일동포팀으로서는 당황할 수밖에 없었다. 재경기가 추진되었다. 백인천은 1회말 2사 후에 투런 홈런을 터뜨리고, 그 후에도 2타점을 더 올려 경동고가 4대2로 승리했다. 백인천의 원맨쇼였다.

이 경기 후 경동고는 일본학생야구연맹으로부터 고교 단일팀으로는 처음으로 일본에 초청을 받았다. 일본을 돌며 치른 친선경기에서 경동고가 올린 성적은 3승 3무 2패. 우리의 야구 실력이 결코 일본에 뒤지지 않는다는 사실을 보여준 대단한 성적이었다. 이 원정 경기에서 백인천은 홈런 2개를 기록했는데, 니혼대학 제2고전에서 날린 홈런은 2차대전 후 진구구장에서 나온 두번째 홈런이라는 점에서 화제가 되었다. 또 가고시마상고전에서도 홈런을 날려 일본의 대학과 프로구단으로부터 스카우트 제의를 받았으나 성사되지는 못했다. 일본에 진출한 선수를 마치 매국노 취급하는 당시의 사회 분위기 때문이었다. 경동고는 이재환, 백인천, 오춘삼 트리오가 졸업으로 빠진 뒤 전력이 급격히 약해져 유명무실해졌다. 이들이 팀에서 차지했던 비중을 짐작할 수 있다.

백인천은 고교 졸업 후에는 농협 선수로 활약하다 1962년 제4회 아시아선수권대회 준우승을 차지한 뒤, 재일교포 선수 장훈의 소속팀인 도에이 플라이어스에 입단했다. 더 강한 선수로 성장시키고 싶은 마음에 따끔한 질책도 아끼지 않았던 선배 장훈과 이를 마땅치 않게 받아들인 백인천 사이에 불화설도 간간이 나돌았다. 그럼에도 72년까지 도에이 플라이어스(현 혼햄 파이터스)에서 생활했고, 이후 다이헤이요(현 세이부 라이온스), 롯데(현 지바 롯데 마린스), 긴테쓰(현 오릭스 버팔로스) 등에서 19년간 눈부신 활약을 했다. 75년 다이헤이요 시절에는 0.319의 타율을 기록하며 한국인으로서는 최초로 퍼시픽리그 타격왕에 올랐다.

백인천은 한국 프로야구의 출범과 더불어 국내에 들어와 MBC 청룡의 감독 겸 선수로 뛰면서 0.412의 놀라운 타율을 기록해 세월이 흘렀어도 전혀 녹슬지 않은 실력을 보였다. 이때 경동고이 황금기를 열었던 이재환과 함께 감독과 수석코치로 호흡을 맞췄지만 주목할 만한 성적을 내지는 못했다. 전국고교야구대회가 출범한지 60년이 훌쩍 넘었지만 그 시절의 경동고를 뛰어넘을 만한 팀을 아직 보지 못했다. 감독의 지도력, 선수들의 견고한 팀워크가 빚어낸 한 편의 예술처럼 기억되는 팀이다.

야구로 어려움을 잊던 국민들

그사이 전국 규모의 대회가 속속 출범했는데, 1967년에는 중앙일보가 주최하는 '대통령배 전국고교야구대회', 71년에는 한국일보의 '봉황대기 전국고교야구대회'가 처음 열렸다. 바야흐로 고교야구의 전성시대가 막을 올린 것이다. 79년에는 대구의 매일신문사가 지방지로는 두번째로 '대봉기 전국고교야구대회'를 개최했지만, 82년 우리나라에 프로야구가 생기면서 고교야구가 종전 같은 열기를 뿜어내지는 못했다. 그런 가운데서도 94년에는 광주일보 가 '무등기 전국고교야구대회'를 열었고, 2003년에는 인천일보가 '미추홀기 전국고교야구대회'를 개최하는 등 꾸준한 인기를 이어 갔다.

이들 대회 중에서 청룡기, 황금사자기, 봉황대기, 대통령배 대회 는 고교야구 4대 전국대회라 부르고, 화랑대기, 대붕기, 무등기, 미 추홀기 대회는 4대 지방대회라 불렀다. 특히 4대 전국대회가 열리 는 기간에는 출신 학교 선후배는 물론 온 국민이 TV나 라디오에 귀를 기울일 만큼 인기가 높았다. 결승에라도 진출하는 날이면 재 학생은 물론이고 머리가 희끗한 선배들까지 모두 경기가 열리는 운 동장에 모여 열광적인 응원을 보냈다. 그러다가 우승이라도 하면 기쁨에 겨워 야구장이 있는 동대문부터 시작해 종로통을 휩쓸고 다니던 모습이 눈에 선하다.

지금은 프로야구에 밀려 고교야구의 인기가 예전만 못할 뿐 아니 라, 2011년부터 고교야구에 주말리그가 도입되면서 많은 변화가 생 긴 것도 낯설다. 전국대회 중에서 유일하게 지역예선 없이 모든 팀 이 참가해 실력을 겨루던 봉황대기는 아예 폐지되고, 대신 대통령 배 전국고교야구대회가 같은 방식으로 치러지고 있다. 황금사자기 는 고교야구 주말리그 전반기 대회로, 청룡기는 후반기 대회로 치 러진다. 이들 대회와 전국체전을 제외한 모든 대회는 폐지되었다.

운동선수도 학생인 만큼 무엇보다 공부가 우선이라는 생각에서 크게 환영할 일이지만, 예전 같은 열기가 사라진 데 대한 아쉬움이 없지는 않다.

프로야구
이야기

한국에도 프로야구가 출범하였다.

    1980년대 초 서슬 퍼런 권력이 국민들을 옥죄고 있을 때 고교야구 이상의 볼거리가 생겼다. 그것이 바로 프로야구다. 민주화의 열기와 정치 개혁의 바람 앞에서, 권력은 국민들을 이른바 3S(SPORTS, SCREEN, SEX) 정책으로 몰아가고 있었다. 정치 권력이 국민적 단합과 국가적 쇄신이란 명분으로 기획했던 국풍81(81년 5월 28일부터 6월 1일까지 전두환 정부가 민족문화 계승과 대학생들의 국학에 대한 관심 고취라는 명분 아래 주최한 문화축제) 행사에 이어, 82년 봄 출범한 프로야구가 그 서막을 올렸다. 야구를 좋아하는 나는 암울한 시대상과 재미있을 프로야구가 교차하여 착잡한 마음을 누를 수 없었다. 하지만 한껏 부푼 기대감으로 그해 봄을 맞이했다.

　우리나라의 프로야구는 미국과 일본의 영향을 받아 탄생하였다. 미국 최초의 프로야구팀인 신시내티 레드스타킹이 1869년에 창단된 후 76년에 내셔널리그가, 뒤이어 1900년에 아메리칸리그가 탄생하였다. 미국 프로야구의 양대 리그가 시작되는 순간이었다. 우리와 가깝고도 먼 나라 일본은 1873년에 미국에서 야구를 도입해 1934년에 프로야구를 출범시켰다. 지금은 퍼시픽리그와 센트럴리그를 두고 미국 프로야구와 매우 유사한 방식으로 운영되고 있다.

　우리나라는 1976년 2월 재미실업가 홍윤희가 한국프로야구준비위원회를 결성하였다. 회장 홍윤희와 김계현, 이호헌, 허종만, 장대영, 박현식, 정두영, 허정규 등 8명의 준비위원이 본격적으로 준비하였다. 그러나 대한야구협회와 정부측의 반대에 부딪혀 이 작업은 좌절되고 말았다.

　그 뒤 1981년 5월 MBC 문화방송은 창사 20주년 기념사업으로 프로야구팀을 창설할 계획을 세웠다. 여기에 이용일과 이호헌이 관여하면서 같은 해 12월 11일 한국프로야구위원회 창립총회를 열었다. 혼란과 격동 속에서 출범한 제5공화국은 국민의 관심과 시선을 정치로부터 조금이라도 멀게 하려고 프로야구의 탄생을 서둘렀다. 격동의 80년대 초! 1982년 3월 27일, 드디어 한국 프로야구는 역사적인 개막경기를 열었다.

　출범 당시의 프로야구팀은 서울을 본거지로 하는 MBC 청룡(감독 백인천), 부산과 경상남도를 본거지로 하는 롯데 자이언츠(감독 박영길), 대구와 경상북도를 본거지로 하는 삼성 라이온즈(감독 서영무), 광주와 전라도를 본거지로 하는 해태 타이거즈(감독 김동엽), 대전과 충청도를 본거지로 하는 OB 베어스(감독 김영덕), 인천과 경기·강원도 지역을 본거지로 하는 삼미 슈퍼스타즈(감독 박현식)로 총 6개 팀이었다.

초대 한국야구위원회(KBO) 총재는 서종철이었고, 경기는 전기리그와 후기리그로 나누었으며 전기리그 우승팀과 후기리그 우승팀이 다시 대결하는 것을 한국시리즈(코리안시리즈, 7전 4선승제)라고 하였다.

전기리그와 후기리그에서 한 팀이 모두 우승하면 한국시리즈 없이 그대로 챔피언이 확정되는 방식을 택하였으나 1985년 삼성 라이온즈가 김일융, 김시진을 앞세워 전기·후기 통합 우승을 하자(삼성 라이온즈는 사실 창단 이후 2002년까지 20년간 한 번도 한국시리즈에서 우승한 적이 없다) 그것이 너무 단조롭다 하여 그 뒤 전기리그 1·2위 팀과 후기리그 1·2위 팀이 한국시리즈 진출권을 가리는 플레이오프제를 도입하였다. 그러나 89년 시즌부터는 전기·후기 없이 단일시즌제로 바뀌면서, 1위 팀은 자동적으로 한국시리즈에 진출하고 3·4위 팀이 준플레이오프를 치렀다. 여기서 이긴 팀이 다시 2위 팀과 플레이오프를 거쳐서 한국시리즈에 진출하는 경기 방식을 채택하였다.

1999년부터는 8개 팀이 2개 조로 나뉘어 드림리그와 매직리그로 경기를 진행하였다. 그리하여 드림리그 1위 팀과 매직리그 2위 팀, 매직리그 1위 팀과 드림리그 2위 팀이 각각 5전 3선승제의 경기를 갖고, 여기서 이긴 팀끼리 7전 4선승제의 결승전을 치르는 방법으로 진행하였다. 그러나 2001년 시즌부터는 다시 단일리그로 환원됐다.

프로구단의 변천사

1982년 3월 27일 2시 30분 동대문야구장에서 MBC 청룡과 삼성 라이온즈의 개막전으로 한국 프로야구는 시작되었다. 원년 우승팀은 투수 박철순, 타자 윤동균으로 대표되는 OB 베어스이다. 같은 해 후기리그부터 삼미 슈퍼스타즈는 우리에게 곰배기라면으로 기억되는 청보 핀토스(감독 김진영)로 변경되었고, 다시 88년 태평양 돌핀스(감독 김성근)로 팀이 바뀌었다. 95년에 현대그룹이 팀을 인수하여 현대 유니콘스(감독 김재박)가 되었으며 많은 우여곡절 끝에 지금의 넥센 히어로즈로 자리매김하였다.

초기 6개 팀으로 이어오던 프로야구는 1986년 대전과 충청남도, 충청북도 지역을 연고로 하는 빙그레 이글스(감독 배성서)가 새로 창단, 합류하면서 7개 팀으로 늘어났다. OB 베어스는 처음에는 대전이 연고지였으나, 85년에 연고지를 서울로 옮겼다. 90년에는 MBC가 LG에게 구단을 양도하고 이름은 MBC 청룡에서 LG 트윈스(감독 백인천)로 바뀌었다. 91년에는 전라북도를 연고지로 하는 쌍방울 레이더스(감독 김인식)가 프로 무대에 진출함으로써 프로야구는 8개 구단의 진용을 갖추게 되었다. 99년에는 OB 베어스가 두산 베어스로 팀 명칭을 바꾸었으며 쌍방울 레이더스가 해체되었다. 2000년에 이르러 SK 와이번스(감독 강병철)가 창설됨으로써 쌍방울 레이더스의 빈자리를 대신하였다. NC 다이노스는 13년부터 제9단으로 한국리그 페넌트레이스에 돌입하였고, KT도 제10구단으로 승인을 얻어 15년부터 1군리그에 참가할 예정이다.

한편 한국 프로야구는 10주년 기념으로 1991년 11월 2일 일본에서 한일 슈퍼게임을 가졌으며, 99년 또다시 일본에서 슈퍼게임을 치렀다. 90년대에 들면서 프로야구는 300만 관중을 돌파하였고 2012년에는 700만 관중을 유치하여 성공을 거듭하면서 명실상부한 국민 스포츠로 자리잡았다.

한국 프로야구는 1982년 박철순의 22연승, MBC 청룡 감독 겸 선수로 뛰었던 백인천의 4할 1푼 2리의 시즌 최고 타율(80경기), 2003년 이승엽의 한 시즌 최다 홈런 기록이자 아시아 신기록(56개) 등 그동안 각종 기록을 세우면서 발전해왔다. 현재 미국, 캐나다, 일본, 이탈리아, 멕시코, 푸에르토리코, 베네수엘라, 도미니카공화국, 대만 등에 프로야구가 있으나, 우리나라는 미국, 일본과 함께 프로야구 3대 흥행국으로 꼽힌다.

첫 경기부터 명승부… 프로야구 흥행의 공을 던지다

1982년 3월 27일 토요일, 화창한 날씨만큼이나 사람들의 마음도 설렜다. 지금은 역사의 뒤안길로 사라진 서울운동장에서 12시부터 변웅전 아나운서의 진행으로 시작된 프로야구 개막식은 온 국민들을 TV 속으로 몰아넣었다. 나 역시 고대하던 프로야구를 보기 위해 일찌감치 준비하고 집 소파에 기대어 TV를 부서뜨릴 기세로 쏘아보고 있었다. 2시 25분 전두환 대통령은 프로야구의 출범을 알리는 역사적인 시구를 하였다. 보통 시구한 공은 시구자에게 기념으로 전달하는 게 관례였다. 마침 포수 장비를 착용한 MBC 청룡의 유승안 포수가 기념구를 전달하러 마운드로 달려가자, 경호원들이 이를 황급히 제지하고 유 선수가 경호원들에게 관례를 설명하는 해프닝도 있었다. 지금 생각하면 정말 재미있는 장면이지만 당시에는 무척 민감한 상황이었으리라. 육중한 몸의 포수가 중무장한 상태로 달려나갔으니 당시 시대상으로 비추어보면 아마도 테러 위험 수준이라 판단할 법한 사건이다.

내 기억으로는 특석 입장권이 5000원, 일반석 입장권이 3000원이었는데 당시의 다른 가격과 비교해볼 때 꽤 비싼 편이었지만 미국이나 일본의 프로경기 관람료에 비하면 저렴한 편이었다. 또한 각 구단은 흥행을 위해 어린이 회원을 적극 유치하였다. 입회비를 받고 모자, 티셔츠 등을 나누어주었는데 당시 어린이들 사이에서 대단한 인기를 누렸다.

오후 2시 30분. 드디어 플레이볼이 선언되었다. 주심은 김광철 씨가 맡았고 MBC 청룡의 이길환 투수가 마운드에 올랐다. 삼성 라이온즈의 3루수 천보성이 역사적인 첫 타자로 타석에 들어섰고 평범한 내야 플라이아웃으로 물러가면서 프로경기 사상 첫 아웃되는 선수로 기록되었다. 참 별게 다 기록되는구나 하는 생각도 든다. 과거를 돌아보며 이 글을 쓰는 동안 그 어떠한 영상자료나 영화보다 더 선명하고 극적으로 다가오는 것은 아마도 기억보다는 추억이 아닐까 생각한다.

심판들도 프로경기의 심판다운 쇼맨십을 보여주었는데 아마추어 야구 시절 심판의 모습에 익숙했던 터라 무척 흥미로웠다. 주먹을 들어올려 스트라이크나 아웃을 표현하던 종전과 달리, 두 손가락을 편 상태로 마치 디스코를 추는 듯한 동작을 선보였다. 관중들과 시청자들은 재미있어했고 해설자 또한 프로경기임을 연신 강조하면서 웃었던 기억이 새롭다.

그때 개막전은 지금과는 달리 오직 한 경기만 열렸는데, 그도 그럴 것이 역사적인 출범식이니 전 구단의 선수들이 도열했고 서울운동장에서만 경기가 열렸기 때문이다. 훗날 밝혀진 이야기이지만 왜 하필 MBC 청룡과 삼성 라이온즈의 경기였는가 하면 당시 서울을 연고로 한 팀은 MBC 청룡이 유일했고, 국가대표 출신 선수들이 포진한 이른바 스타 군단이 바로 삼성라이온즈였다. 어쨌든 이 두 팀의 개막전으로 문을 연 한국 프로야구는 첫 경기부터 우리의 뇌리

속에 아주 강한 인상을 심어주었다.

개막전의 흥미진진한 이야기를 풀어보자. 삼성의 4번 타자 이만수(포수)는 첫 타석에서 1호 안타, 1호 타점, 3회초의 두번째 타석에서는 1호 홈런(상대 유종겸)의 기록을 세우며 프로야구의 기록을 만들기 시작했다. 5대0으로 이기고 있던 삼성은 5대1 상황에서 7대1까지 점수 차를 벌이며 개막전 승리를 향해 순항하고 있었다.

야구가 재미있는 것은 한시도 긴장을 늦출 수 없는 팽팽함 때문이다. 뒤지고 있던 MBC 청룡은 유승안(포수)과 백인천(지명타자, 선수 겸 감독)의 적시타와 홈런으로 7대4까지 맹추격을 벌였고, 7회말 유승안은 삼성 투수 황규봉을 상대로 3점 홈런을 날려 7대7 동점이라는 극적인 상황을 만들어냈다. 황규봉은 프로야구 최초의 승리투수를 뒤로 한 채 마운드를 내려와야 했고, 좌완의 시원한 투구가 일품인 이선희가 그 뒤를 이어 등판하였다. 사실 선발 황규봉과 계투 이선희는 경북고 동기동창의 완벽한 조합으로 삼성 서영무 감독의 비장의 카드였으나 결국 이 등판은 이선희가 프로야구 최초의 패전투수로 가는 길이 되었다.

8, 9회 연속 2사만루의 황금 같은 찬스를 놓친 MBC 청룡은 10회말 연장에서 김인식(2루수)이 사구로 출루하였다. 다음 타자 김용달(3루수)이 좌전안타를 치는 순간, 빠른 발과 사구로 한 시대를 풍미했던 김인식이 자신의 장점을 유감없이 발휘하여 3루까지 진루했고

김용달은 덩달아 2루까지 갔다. 무사 주자 2,3루의 상황에서 김바위 (1루수)가 플라이볼로 물러가고 개막전 4타점의 불방망이 유승안이 등장하게 된다.

이선희는 1사만루의 작전을 쓰기 위해 맹타를 휘두르는 유승안을 거르려 하였고, 3볼 상황에서 백인천 감독도 유승안에게 기다리라는 사인을 보냈다. 그러나 유승안은 개막전의 영웅심 때문인지 빠지는 볼에 방망이를 휘두르고 투수 앞 힘없는 땅볼로 3루 주자 김인식이 홈에서 아웃되는 상황이 벌어졌다. 지금까지 영웅이었던 유승안은 순간 역적이 되어버린 것이다. 나중에 유승안은 당시를 이렇게 회고했다고 한다. 삼성 이선희 투수가 고의사구로 백인천 감독의 출루를 허용하자 자기는 자동으로 2루로 진루하게 되었는데, 베이스를 밟고 서 있는 동안 '왜 여기 서 있는가?'라고 자책하면서 많은 회한이 교차했다고.

주자 1,3루…… 이어 타석에 등장한 백인천 감독!

1960년 경동고등학교 시절부터 온 국민의 사랑을 받고 일본 야구계조차도 깜짝 놀라게 한 전설의 그 타자가 아닌가? 투수 이선희는 당연히 그리고 선택의 여지 없이 백인천을 고의사구로 걸러 보내야 했다. 4개의 공이 차례로 던져졌다. 2사만루의 그야말로 꽉 찬 상황…… 타석에는 6번 타자 이종도(좌익수)가 등장했다. 나는 순간 70년 가을로 기억되는 사학 최고의 축제 연고전이 생각났다. 당시 연세대는 2회에 2루타와 희생플라이를 엮어 만든 1점을 결승점으로 묶고, 고려대를 1대0으로 리드하며 9회초 고려대의 마지막 공격 2아웃까지 막고 있었다. 기적은 바로 이런 것이다. 세인들이 잘 모르는, 관심도 없는 고려대 신입생 이종도는 1스트라이크 2볼 상황에서 115미터짜리 동점 홈런을 만들어냈다. 바로 그 이종도 선수가 등장한 것이다. 이미 아마추어야구에서도 충분히 잘 쳐왔던 선수가 아니던가?

애써 호랑이를 피했는데 또 호랑이가 나타났음을 이선희가 깨달은 것은 세번째 공이 손을 빠져나가는 순간이었다. 이종도 선수는 이선희 투수의 세번째 공을 받아 쳐 좌측 펜스를 넘기는 드라마 같은 개막전 만루홈런을 친 것이다. 이것이 야구의 묘미이다. 그리고 대한민국 프로야구의 흥행은 여기서부터 시작되었다고 해도 과언이 아닐 것이다. 개막전 만루홈런을 맞은 이선희 선수의 비극은 시즌 마지막까지 계속된다.

첫 시즌부터 극적인 드라마의 연속… 야구란 이런 것이다
첫 경기부터 긴장과 흥미를 주었던 프로야구는 프로경기란 이런 것이라는 인식을 심어주기에 충분했다. 아마추어야구에서 느낄 수 없었던 또다른 긴장감이 사람들을 열광시켰다. 이러한 열광은 시즌 마지막인 한국시리즈까지 계속되었다. 전기리그 우승팀인 OB 베어스와 후기리그 우승팀인 삼성 라이온즈가 격돌한 한국시리즈에서

OB 베어스는 4승 1무 1패로 우승하면서 프로야구 원년 우승팀이라는 화려한 수식어를 간직하게 되었다.

1차전은 무려 15회까지 가는 접전 끝에 3대3 무승부로 끝났고 한국시리즈 1호 연장 무승부 경기로 기록되었다. 2차전은 삼성의 9대0 완승, 3차전은 OB의 5대3 승리, 4차전은 OB의 7대6 승리, 5차전은 OB의 5대4 승리로 마무리되었다. 최고의 명승부는 OB가 3승 1무 1패의 상황에서 벌어진 6차전이었다. OB의 김유동이 9회 초에 한국시리즈 1호 만루홈런을 쳐서 3대3의 팽팽한 경기를 결국에는 8대3으로 한순간에 뒤집는 결과가 나왔다. 이보다 더 극적인 것은 김유동이 만루홈런을 친 투수가 공교롭게도 개막전 MBC 청룡의 이종도에게 만루홈런을 맞은 이선희라는 사실이다.

운명의 장난도 이런 장난은 없을 것이다. 개막전과 마지막 한국시리즈에서 결승타로 모두 만루홈런을 내주었던 이선희는 망연자실할 수밖에 없는 한 해였으리라. 아마추어야구 최고의 투수로 불리우며 시원한 투구를 선보이던 이선희는 프로야구 원년의 시작과 끝을 만루홈런으로 맞는 불운한 투수로 기억되어버린 것이다. 이것이 야구이고 인생이다.

그해 9월 서울에서 벌어진 세계야구선수권대회에서 일본을 상대로 김재박이 친 개구리번트와 한대화가 날린 8회말 3점 홈런 장면은 굳이 야구만이 아니라 전체 스포츠경기 중 가장 인상 깊은 장면으로 평가된다. 그 후 수년간 스포츠뉴스 시작에 맞춰 배경화면으로 항상 나오던 그 명장면은 프로야구 출범과 더불어 온 국민을 함께 웃고 울게 만들었다. 1982년은 야구로 시작해 야구로 끝났던 그야말로 야구를 위한 해로 기억된다.

그리고 그해 우리는 박철순이라는 이름을 기억한다.

박철순. 한 시즌 세계 최다 연승 기록

박철순은 배명고와 연세대를 거치면서 1979년 6월 미국에서 열린 제2회 한미대학선수권대회에 한국 대표로 출전해 인상적인 피칭을 선보이게 된다. 이를 계기로 80년 1월 9일에는 밀워키 브루어스로부터 입단 초청장이 날아왔다. 드디어 우리나라 최초의 메이저리거로 발탁되는 순간이었다. 비록 마이너리그 계약이었지만 국내 선수로는 최초로 미국 프로야구에 진출한 선수가 됐다. 한국인으로는 68년 이원국이 샌프란시스코 자이언츠 산하 마이너리그에 진출한 일은 있었으나 일본 선수 자격으로 진출한 것이었기에 박철순이야말로 진정한 국내 최초의 메이저리거이다.

그러나 박철순은 국내에 프로야구가 출범한다는 소식을 듣고 국내 프로야구에 몸담을 생각을 하게 된다. 원래 그는 배명고 출신으로 서울이 연고지였다. 그러나 서울 지역 프로야구팀에 입단을 희망하는 선수들은 자의로 팀을 선택할 수가 없었다. 프로야구팀을 전국 각 지역에 골고루 배치한다는 원칙에 따라 충청 지역을 본거지로 한 OB 베어스가 서울이 본거지인 MBC 청룡과 1대2의 비율로 드래프트를 요구했기 때문이다. 박철순은 MBC 청룡(서울)을 원했으나 MBC가 1순위로 김재박을 찍자 OB 베어스는 전광석화처럼 박철순을 선택했고 그는 결국 OB에 몸담게 되었다. 끈질긴 곰의 역사가 시작되는 순간이었다.

박철순은 프로야구의 막이 오르기 전까지만 해도 20승이 목표였다. 그런데 전기리그가 끝났을 때 18승 2패 3세이브(방어율 1.99)를 기록하고 있었다. 목표 20승이 20연승으로 바뀌었다. 당연히 세계 최다 연승 기록을 생각하지 않았을까 하는 생각이 든다. 9월 18일 대전에서 롯데를 상대로 22연승을 올릴 때만 해도 24연승은 충분히 가능해 보였다. 그러나 9월 22일 잠실로 옮겨 치른 롯데전에서 3대3 동점이던 9회말에 구원투수로 등판한 박철순은 무릎을 꿇는다. 연장 10회말 김용철에게 결승타를 맞아 연승 기록은 22승으로 그치고 만다.

한 시즌 22연승은 프로야구 100년을 넘어선 미국에서조차 찾아볼 수 없는 대기록이다. 미국 메이저리그의 최다 연승 기록은 1937년 뉴욕 양키스의 칼 허벨Carl Hubbell이 두 시즌에 걸쳐 기록한 24연승이다. 36년 16연승으로 시즌을 마감한 칼 허벨은 37년 8연승을 올려 24연승의 기록을 남겼다. 한 시즌 최다 연승은 1888년 뉴욕 양키스의 팀 키프Tim Keefe가 세운 19승이 기록으로 남아 있다. 일본 프로야구에서도 1952년 쿄진의 마츠다가 두 시즌에 걸쳐 20승을 올렸고 57년에는 니시테스의 이나오가 올린 20승이 최다 연승 기록으로 남아 있다.

불사조 박철순의 투혼은 한국시리즈에서 그 빛을 발한다. 삼성과의 경기에서 3,4차전에 구원등판하여 승리를 챙기고, 5차전은 OB의 황태환이 승리를 지켜 3승 1패 1무. OB가 6차전만 이기면 우승을 거머쥐는 상황에서 OB 김영덕 감독은 박철순을 선발로 세웠다.

당시 삼성의 임신근 코치는 박철순의 허리 이상을 알고 있었기에 6차전에 박철순이 선발로 나오자 승리를 예상했다고 한다. 예상대로 박철순은 초반부터 집중 안타를 맞으며 무너지고 있었다. 그러나 회가 거듭될수록 구위가 살아나고 오히려 삼성의 타자들이 무너지고 있는 것이 아닌가. 나 또한 의아해하며 "역시 박철순이야!"를 연발하며 OB를 힘차게 응원했다. 나중에 들은 이야기지만 박철순은 진통제 주사를 맞으면서까지 혼신의 힘을 다해 던졌던 것이다.

박철순은 훗날 회고한다.
"그 당시에 내가 생각할 수 있는 건 허리의 아픔이 아니었다. 오직 하나, 우승을 해야 한다는 생각밖에 없었다. 마치 귀신에 홀린 기분이었다. 죽어도 좋다는 심정으로 주사를 맞고 던졌다."
10월 12일 서울운동장 야구장에서 열린 한국시리즈 6차전은 OB가 8대3으로 역전승을 올려 4승 1패 1무로 원년 챔피언의 영광

을 안았지만, 마지막까지 마운드를 지킨 박철순이 우승의 감격도
느끼지 못한 채 곧바로 병원으로 후송되면서 말그대로 명암이 교
차했다.

　프로야구 원년 시즌경기(당시는 80게임이었다)의 절반 가까이를 소
화한 박철순은 끝내 부상의 악몽에서 벗어나지 못하고 불사조의 명
성을 되찾지 못한 채 1997년 4월 29일 LG전을 마지막으로 은퇴하
였다. 2002년 4월 5일 두산은 그의 등번호 21번을 영구 결번으로
지정하였다. 부상과 재기를 반복하며 프로야구의 역사를 만들어온
박철순은 그렇게 우리의 가슴에 프로야구의 역사로 살아 숨 쉬고
있다.

3장

홈런보다
짜릿한 3루타

'지덕체'가 아니라
'체덕지'다

많은 사람들이 나를 공부벌레로 안다. 그래서 "어릴 때 동네야구를 많이 했다, 야구 구경을 참 많이 다녔다"고 하면 참 신기해한다. 내심 '책상물림 샌님이 야구 몇 번 보러 갔다고 저런 얘길 하나'라는 눈빛도 가끔 느낀다. 내 또래의 사람들은 별로 그렇지 않은데 젊은 사람들일수록 그런 경향이 짙다. 공부만 해야지 원하는 대학교에 진학할 수 있다는 요즘의 인식 때문이기도 할 것이다.

그러나 내가 어릴 때 대부분의 학교는 다양한 교육을 했다. 정부의 입김이 닿는 공립학교들은 더욱 그랬다. 학교에 운동부를 육성하고 다양한 체육 활동을 하도록 유도했다. 우리 학교에서는 여름이면 수영을 배우고, 겨울이면 스케이트를 타야 했다. 그것이 수업이었다. 수영은 몰라도 적어도 스케이트는 부자 스포츠라고 비난받은 것은 물론이다. 나도 동네 형들의 스케이트를 빌려 타느라

여간 불편하지 않았다. 스케이트가 맞지 않아 발에서 피가 난 적
도 있었다. 학교에 수영장은 있었으나 스케이트장이 없어 동대문
구 신설동에 있던 스케이트장을 이용했다. 스케이트장 입장권을
학교에 제출하면 수업을 받은 것으로 인정했다. 수영은 수영장 길
이인 25미터를 왕복할 수 있으면 합격이고 그렇지 않으면 불합격이
었다.

봄과 가을의 체육 시간에는 운동장에서 주로 소프트볼을 했다.
편을 나누고 포지션을 정해서 한바탕 경기를 하고 나면 개운했다.
학교에서는 소프트볼을 통해 체력과 단결심을 기르고, 책임감도 느
끼며, 룰에 승복하는 일종의 준법정신도 배우라는 취지였을 것이
다. 그러나 그것 말고도 청소년기의 스트레스나 입시에 대한 부담을
잠시나마 땀으로 배출하는 역할까지 했다.

비단 우리 학교만의 일이 아니었다. 어떤 학교에서는 유도를 가르
쳐서 일정 수준이 되도록 교육했고, 다른 학교에서는 검도나 축구
등 다양한 종목의 스포츠를 정규 교육과정에 넣어 학생들이 반드
시 이수하도록 했다. 지금은 이런 교육을 찾아보기 힘들다. 오히려
체육 시간을 줄이거나 아예 없애버린 학교들도 있다고 들었다. 체
육 시간이 있는 학교들조차 제대로 수업을 진행하지 않고 자율학
습을 하도록 변칙적인 운영을 한다는 말도 들었다. 어디 체육 시간
뿐일까. 음악 시간도 미술 시간도 정규 교육과정에서 홀대받는 현실
을 생각하면 실망스럽기 그지없다.

우리나라 교육에 많은 문제점이 있다고 지적들을 한다. 아이가 어른이 되어 풍요로운 삶을 살기 위해서는 더 많은 교육을 시켜야 한다는 주장과, 더 많이 놀게 해야 한다는 주장이 있다. 이쪽 말을 들으면 이쪽이 그럴 듯하고 저쪽 말을 들으면 저쪽이 그럴 듯하지만 문제는 양쪽 다 맞는 말이기도 하고 양쪽 다 그른 말이기도 하다는 것이다. 더 좋은 학교를 나와야 더 좋은 직장을 구하는 데 유리한 것이 현실이지만, 그 좋다는 인재가 바짝 마른 정서를 지니고 마치 기계의 부속품처럼 자기가 배운 것만 가지고 살아가는 것도 문제라는 말이다.

기술보다 기초다

2002년에 충분한 준비 없이 갑자기 서울대 총장이 되었을 때 내가 제일 먼저 찾아 읽은 책이 1693년에 발간된 존 로크의 『교육론』이다. 17세기 말의 정치사상가인 그가 쓴 책을 21세기에, 그것도 서울대 학생들과 교수들을 아우르는 총장이 된 직후에 읽은 이유는 이 책이 지난 300여 년간 영국의 교육철학, 교육제도 및 교육정책의 기초가 되었다는 사실 때문이었다. 또한 교육의 기본은 시대를 초월한다는 믿음에서였다. 책을 읽으면서 그 믿음은 감동과 감탄으로 이어졌고, 그 뒤 가끔 교육에 관해 이야기할 때마다 나는 존 로크의 『교육론』을 소개한다.

117 이 책은 우리 사회가 유례없는 경제 성장을 이룩했고 또 새로운

신화를 써나가고 있음에도 장래에 대해 낙관적 전망을 가지기 힘든 원인들을 가르쳐주는 듯하다. 그것은 바로 잘못된 '가정교육'과 '학교교육', 교육의 목적과 방향 자체를 상실한 교육제도, 학과 공부를 교육의 전부로 잘못 인식한 '철학 부재의 교육' 등이다. 나아가 이러한 잘못된 교육을 시정하여 참된 인간교육을 정착시키기 위한 방안을 제시하고 있는 듯한데, 로크는 그 첫째 방안을 체육교육으로 꼽는다.

"건강한 신체에 건전한 정신이란 말은 세상에서 가장 행복한 상태를 완벽하게 묘사하고 있다"라는 말로 시작되는 이 책 제1장의 제목은 "신체의 건강에 대하여"이다. 이어지는 제2장의 제목이 "습관에 대하여"이고, 제3장의 제목은 "상과 벌에 대하여"이다. 그 뒤를 "예절교육에 대하여", "가정교육에 대하여" 등이 잇는다. 우리가 지금 최고의 교육으로 꼽는 "학습에 대하여"는 뒷부분인 20장이 되어서야 나온다. 그리고 21장은 "해외여행에 관하여"이다.

이와 같은 사실은 무엇을 의미하는가. 교육은 우리가 지금까지 되뇌어왔던 '지·덕·체'가 아니라 '체·덕·지'라는 것을 17세기의 정치사상가는 지적하고 싶었던 것이다. 산업혁명기에 영국 국민을 민주시민으로 만들기 위한 하나의 지침서이자 300여 년 동안 영국의 교육철학, 교육제도, 그리고 교육정책의 기초가 된 이 책은 누구나에게 읽으라고 권하고 싶다. 대학은 미국이 최고라지만 초등교육과 중등교육(중·고교)은 영국이 최고라지 않는가.

고등학교 1학년 때였던가. 도덕을 맡은 김영진 선생님이 신문 한 부를 가지고 수업에 들어오셨다. 〈요미우리〉인지 〈아사히〉인지 혹 〈마이니치〉인지 기억은 불분명하지만 유수 일본 신문이었다. 한쪽 면을 펼쳤다. 일본어를 모르니 어떤 내용인지는 잘 알 수 없었으나 선생님이 보여주신 것은 "도쿄대 드디어 1승"이라는 제목의 기사였다. 도쿄대 야구부가 도쿄 6대학 리그에서 연패 끝에 1승을 달성했다는 내용이었다. 마침 얼마 전 서울시 고교야구대회 결승에서 우리 학교 야구부가 선린상고에게 1점 차로 패배했고, 그다음날 어느 신문 3면 머리기사에(그때는 모든 신문이 4면까지밖에 없었다) "경기 1점에 울어"라는 제목의 기사가 실렸기 때문에 그와 유사한 스토리라고 볼 수 있는 도쿄대의 1승 기사를 가져온 것일 테다.

선생님은 도쿄대의 1승이 왜 기사화됐는지를 설명했다. 공부도 하고 야구도 할 수 있다는 것이다. 최선을 다했을 때 이기면 좋고 지면 진대로 승복하는 것이 진정한 스포츠 정신이라고 말씀하셨다. 나는 그 말씀을 되씹어보며 언젠가 신문에서 읽었던 일본 고시엔야구대회 이야기가 떠올랐다. 우리나라엔 전국 규모의 고교야구대회가 여럿 있지만 일본에는 단 하나뿐이다. 우리나라의 고교야구팀이 50개 남짓인데 비해 일본은 4500개가 넘는데도 그렇다. 고시엔대회가 그것이다. 일본 중부 지방 니시미야의 작은 도시 고시엔은 오로지 1년마다 열리는 전국야구대회 덕에 유명세를 탔다. 4500여 개의 학교들은 이 고시엔대회에 나가기 위해 예선전을 치른다. 그만큼 치열한 예선이어서 고시엔대회에 참가했다는 것만으로도 영예가 된다.

그런데 어느 해인가 고시엔대회에 출전해 4강까지 오른 팀이 갑자기 기권을 선언하고 집으로 돌아갔다. 두 경기만 더하면 우승도 넘볼 수 있었을 텐데 많은 사람들이 의아해했다. 주최 측에서 밝힌 사정은 우리로서는 참으로 어처구니없었다. 학교 시험이 시작되기 때문이란다. 시험 날짜와 고시엔대회가 맞물려서 학생들은 결국 시험을 택한 것이다. 전국대회의 성적이 곧 진학으로 이어지는 우리에게는 상상도 할 수 없는 일이다.

공부벌레의 야구 1승

경남중의 전설적인 투수 장태영은 어느 인터뷰에선가 "야구선수도 공부를 잘할 수 있다는 것을 보여주기 위해 코피를 흘려가며 공부했다"는 말을 한 적이 있다. 결국 그는 서울대 상대에 진학했고, 거기에서도 야구를 계속했다. 그땐 대부분 그랬다. 수업을 다 마치고 나서야 운동을 하고, 그렇게 실력을 쌓아 경기에 참가했다. 진정한 학원체육이요 진정한 아마추어였다고 말할 수 있다.

경기고 야구부는 오래된 역사를 자랑했지만, 1950년대 중반 해체되었다. 1954년 춘계 고교선수권대회 때 경기고 투수가 던진 공에 선린상고의 타자가 맞아 사망하는 일이 벌어졌기 때문이다. 그후 60년대 초반에 재창단되었으나 예전의 영예를 회복하지는 못했다. 그러던 중 63년 재일동포 학생야구단과의 친선경기에서 승리한 유일한 학교로 주목을 받은 적은 있다.

재일동포 학생야구단 방문경기는 일본에서 태어난 동포 2세 학생들에게 모국을 알리고, 우리보다 앞선 일본 야구를 국내에 선보여 야구 발전을 도모하자는 취지로 1956년 첫 경기가 열렸다. 당시 일본 야구는 우리보다 훨씬 앞서 있었다. 고교야구의 수준 차이는 더 말할 것이 없었다. 그 이름만으로도 야구사를 빛내는 장훈이 이 경기를 위해 조국 땅을 처음 밟았고, 국내 프로팀 SK 와이번스 감독을 맡아 우승을 일궈낸 김성근, 아시아선수권대회에서 최초로 우승하고 삼성 라이온즈 2군 투수코치를 지낸 신용균 등이 이 선수단의 일원으로 방문했다. 재일동포팀은 1회 대회부터 12전 9승 3패로 압도적인 우위를 보였다. 청룡기 2연패를 이룩한 동산고와 두 번 맞붙어 두 번 다 이기는 실력을 보여주었다. 2회 대회에서는 16전 13승 2무 1패, 3회 대회에서는 14전 12승 1무 1패를 기록할 정도로 우리와 실력 차이가 뚜렷했다.

그런 팀을 상대로 1963년에 경기고가 유일하게 1승을 거뒀다. 공부벌레라는 얘기를 듣는 경기고로서는 두고두고 자랑거리가 아닐 수 없었다. 나는 그날 박찬경의 수비를 잊을 수 없다. 경기가 끝날 때쯤 경기고가 4대3으로 앞서고 있었다. 재일동포팀은 1아웃에 주자를 3루에 두고 중견수 플라이를 깊게 날렸다. 보통의 경우라면 3루 주자가 태그플레이로 1점을 낼 수 있었을 테다. 그러나 박찬경은 공을

받자마자 홈에 원바운드로 던져 홈으로 파고든 3루 주자를 아웃시
켰다. 메이저리그에서도 보기 힘든 플레이였다.

그 당시의 선수들은 공부와 야구를 병행하면서도 유수 대학에
무난히 합격했다. 그리고 공직에서 또는 대학에서, 더러는 번듯한
개인사업가로 자리를 지키며 제 역할을 해냈다. 내가 학원체육에서
공부를 강조하는 이유도 바로 이런 표본이 있기 때문이다.

정말 가르쳐야 하는 것

2011년부터 대한야구협회가 교육과학기술부, 문화체육관광부와
공동으로 고등학교 야구대회 주말리그를 시행해왔다. 이를 바람직
하다고 여기는 사람들의 의견과, 어차피 야구선수로 진로를 정했으
니 수업을 빠지더라도 연습을 더 할 수 있게 해야 한다는 의견이 팽
팽히 맞서고 있었다. 물론 지금의 경기 운영이나 진행에는 고쳐야
할 점이 있더라도 나는 기본적으로 주말리그에 동의한다.

대한야구협회가 단행한 주말리그의 핵심은 '고교야구 정상화'였
다. 수업 빼먹기를 당연시하는 풍토를 바로 잡고, 고교 야구부원의
90퍼센트 이상이 성적 하위권 10퍼센트에 몰려 있는 현실을 직시
해 최소한의 학습 여건을 제공하자는 게 기본 목표였다. 무엇보다
선수들이 야구를 중도에 포기하거나 프로야구가 아니면 취업이 어
려운 상황에서, 야구선수로 성공하지 못할 대부분의 선수가 학교

와 사회에 적응할 수 있도록 교육 기회를 제공하자는 것이었다.

주말리그의 일부 파행은 충분한 제도적 준비와 대안을 마련하지 못했기 때문이다. 잘하는 투수 한 명이 주말마다 투입되리란 우려가 컸지만, 그 대안을 준비하지 못했다. 투수의 혹사를 피하기 위한 투구수 제한 등의 조치가 있긴 했지만 더 근본적인 접근이 있어야 했다. 고교야구 정상화를 홍보하는 데도 미흡했다. 일본에서는 1990년대 중반 이후 고교야구가 공부와 야구를 병행하는 데 더 엄격해지면서 더 많은 야구부가 생겼고, 야구를 직접 즐기는 학생들도 많아졌다.

학창 시절에는 다양한 분야의 경험을 쌓는 것이 교육의 바른 방향이다. 교과 과목을 공부하는 한편 운동도 하고 그림도 그리고 글도 쓰고 음악도 하는 것이 맞다. 운동에도 기초가 중요하다. 벌써 20~30년 전이지만, 세계를 제패하고 돌아오던 어느 구기종목 청소년 대표팀에 자신의 이름을 영어로 쓸 줄 몰라 출입국 카드를 앞에 놓고 당황한 선수가 있었다는 얘기를 들은 적이 있다. 물론 다 그런 것도 아니고 다소 과장이 있을 수도 있겠지만, 현재 우리나라의 학원스포츠를 보자면 있을 법한 일이다.

세계대회에 참가하면 언제나 우승, 준우승을 넘보고 4강쯤은 쉽게 오르는 청소년들이 왜 성인만 되면 견주기조차 민망할 정도로 실력이 떨어지는 걸까. 그것은 기초가 아니라 기술을 가르치기 때문이다. 경기를 이해하고 작전을 수행하는 능력을 가르치는 것이 아니라 이기는 방법만을 가르치기 때문이다. 그러다보니 스스로 생각하는 능력이 떨어지고 돌발상황에 대처하는 능력도 없다. 따라서 청소년기에 기초를 차근차근 가르치는 외국의 선수들을 성인이 되어서는 결코 따라잡을 수 없는 수준으로 전락하는 것이다. 상급 학교에 진학하려니 전적이 좋아야 하고 전적을 올려야 하니 기초보다는 기술을 가르치는 현실을 이해하지 못하는 것은 아니다. 그렇다고 언제까지 눈앞의 이익에만 몰두하여 아이의 미래를 망칠 것인가. 곰곰이 생각할 문제다.

2009년 11월 하순 나는 한국 야구의 기라성 같은 분들을 만났다. 내가 야구를 좋아하는 것을 안 총리실 직원들이 한국 야구의 발전을 위한 만남을 주선하였다. 김경문 감독, 이승엽 선수, 박찬호 선수, 김태균 선수, 이범호 선수 등을 총리공관에 초대한 것이다. 아무런 부담 없이 만나 특별한 주제 없이 야구 이야기로 꽃을 피웠다. 그중에서 WBC 준우승과 베이징올림픽 우승 이야기가 가장 즐거웠다. 모두들 김인식 감독과 김경문 감독에게 감사하고 있었다.

그런데 그날 나를 가장 기쁘게 해준 건 박찬호 선수다. 그는 미국 야구선수들이 매우 지적이고 말을 잘하는 데 감명받았다면서, 한국에서도 선수들에게 어려서부터 야구뿐 아니라 공부도 열심히 가르치고 또 스피치 훈련도 시켜 매스컴에서 하고 싶은 말을 멋있게 했으면 좋겠다고 했다. 나도 거기에 동의했다. 나는 미국 유학 시절 프린스턴의 아먼드 힐이라는 농구선수가 애틀랜타 호크스에 좋은 조건으로 스카우트되었으나 학점이 모자라 졸업을 못하다 1년 뒤에 가는 것을 보고 운동과 공부를 병행시키는 미국 대학교육의 엄격함이 부러웠다. 나는 박찬호 선수가 오랜 기간 미국에 살면서 미국의 좋은 점을 잘 흡수했다고 생각했다. 벌써 30여 년 전이지만 레지 잭슨이나 톰 시버 같은 이는 여느 TV 앵커 못지않게 말을 잘 했다. 멋진 모습이었다.

지적인 스포츠인으로 교육한다는 것은 이런 것이 아닐까? "도쿄대 드디어 1승"이라는 제목의 기사가 실린 일본 신문을 펼쳐 보였던 김 선생님은 1점 차이로 패해 아쉬워하는 학생들을 그렇게 다독이고 싶었던 모양이다. 공부도 하고 운동도 하면서 1승을 거두기까지 숱한 패배를 겪었을 동경대와 마찬가지로 우리의 패배도 떳떳하기에 너무 서운해하지 말고 오히려 당당해져도 된다는 뜻이었을 것이다.

그날 수업은 진도를 나갈 수 없었다. 일본 얘기를 꺼낸 마당이니 도쿄대를 비롯해 와세다, 게이오, 호세이, 메이지, 니혼 등 도쿄에 있는 6개 명문 대학 야구 리그에 관한 얘기가 이어졌다. 열심히 공부해서 그런 좋은 대학에 들어갔으면 좋겠다는 생각이 든 것도 아마 선생님이 미리 깔아놓은 포석 때문인지 모르겠다. 물론 당시에는 한국에서 고등학교를 다니고 일본 대학에 들어가기를 꿈꾸는 사람은 없었다. 선생님의 말씀에 빠져들다보니 그저 상상의 날개를 편 것뿐이다. 내가 생각하는 진짜 교육은 이런 것이다. 나는 도쿄대 1승 기사로 시작된 수업이 우리 급우들의 야구 호기심과 더불어 지적 호기심을 크게 불러일으켰으리라 믿는다.

만년 꼴찌,
서울대 야구부 이야기

나는 1978년 말 서울대에 부임하고 얼마 되지 않아 사회과학대 야구반 지도교수가 되었다. 학생들은 나를 정운찬 감독이라고 불렀다. 나는 그게 좋았다. 그들과 종종 캐치볼도 하고 배팅 연습도 했다. 학생들이 치기 좋은 공을 던져줘서 멀리 센터 너머까지 공을 쳐내기도 했다. 투수 가운데 가장 기억에 남는 선수는 나중에 동양증권에서 일한 남경기였다. 사회대 야구부를 넘어 전체 서울대 야구부로 차출되어 서울운동장에서 홈런으로 서울대가 영패를 면하게 했던 포수 김진국도 항상 내 머릿속을 맴돈다. 그는 지금 계명대 교수다. 내가 야구반 지도교수가 된 것은 내가 야구를 좋아한다고 소문이 나자 전임 이관용 교수(심리학과)께서 그 자리를 그냥 넘겨주었기 때문이다. 매사에 사양을 잘하는 나였지만 그 자리만큼은 덥석 받았다. 야구를 정말 좋아했기 때문이다. 그 후 나는 학생들과 1년에 몇 번씩 만나 야구를 같이 했다.

내가 야구를 좋아한다는 소리를 듣고 나를 비판하는 사람도 있었다. 그 에피소드를 하나 소개하고 싶다. 나는 1979년 서울대에서 경제학과 2학년 학생들을 대상으로 경제원론을 강의했다. 당시나 지금이나 원론은 강의 경험이 많은 원로교수가 하는 것으로 알려져 있다. 그런데 그해는 달랐다. 75년부터 4년간 사회과학대학 학장이시던 조순 선생님이 학장을 그만둔 후 강의를 면제받는 연구교수가 되셨고 그 후임으로 이현재 선생님이 학장이 되셨다. 두 분 다 경제원론을 강의할 예정이었으나 펑크가 났다. 그래서 내가 두 반을 합친 원론 강의를 맡게 되었다.

나는 폴 새뮤얼슨의 『경제학』을 교재로 열심히 강의했다. 그 책은 당시까지 30여 년간 전 세계적인 베스트셀러였다. 그런데 하루는 한 학생이 일어나더니, 강의계획표에 따르면 우리가 진도를 예정보다 많이 나갔으니 내가 좋아하는 야구, 특히 미국의 메이저리그를 소개해달라고 했다. 나는 귀국할 때 레지 잭슨의 타격 폼이 담긴 포스터를 가져와서 내 연구실에 붙여놓았다. 그것을 보고 학생들이 내가 야구광이란 걸 알았던 모양이다. 나는 신나서 메이저리그는 내셔널리그와 아메리칸리그로 나뉜다, 각 리그에는 동부팀들과 서부팀들이 있다, 각 팀은 1년에 162게임을 한다, 타자로는 레지 잭슨, 투수로는 톰 시버를 좋아한다, 나는 야구를 좋아하다 박사학위도 늦게 받았다 등등 30여분에 걸쳐 열강을 했다.

그때 느닷없이 한 학생이 손을 들고 질문을 했다. 어떻게 미제국

주의 스포츠를 한국의 대표적 국립대학에서 소개하느냐고. 나는 순간 당황했다. 그러나 곧 그 학생에게 물었다. 세계에서 야구를 제일 좋아하는 사람이 누구냐고. 그 학생이 알 리 없었다. 나는 야구를 제일 좋아하는 사람은 단연코 쿠바의 피델 카스트로라고 생각한다. 카스트로는 야구를 너무 좋아해서 비록 적대국이기는 하지만 미국 동부의 뉴욕 양키스, 볼티모어 오리올스 또는 보스턴 레드삭스와 쿠바 대표팀이 경기했으면 좋겠다고 공공연히 제안한다고 했다. 100명 정도가 앉은 강의실은 조용해졌고 나는 유치하게도 승리감에 젖었다.

나는 그날을 잊을 수가 없다. 독재정권에 항거하던 학생들이 독재정권을 두둔하는 것처럼 보이던 미국을 싫어해서 나온 질문이었으리라 생각한다. 그 후로 나는 거리낌 없이 야구를 좋아한다고 하고 다녔다. 특히 나를 공부벌레로 보는 사람들한테는 내가 그렇지 않다는 반증이라도 대고 싶어서인지 정신없이 야구예찬론을 펴기도 했다.

2008년 베이징올림픽 야구경기에서 우리가 우승할 수 있었던 원인은 여러 가지가 있었으나 그 가운데 하나는 우리가 쿠바 야구대표팀을 한국으로 초청한 것이다. 쿠바 야구대표팀은 우리의 초청을 받고 한 달 가까이 한국에 머물며 한국의 야구팀들과 연습경기를 가졌다. 그러는 사이 우리는 쿠바의 전력을 세밀히 탐색할 수 있었다. 그래서 결승전에서 마음의 여유를 갖고 쿠바를 누를 수 있었다고 생각한다. 여기에 대해서는 뒤에서 자세히 말하기로 한다.

서울대에는 야구 동아리가 수십 개는 된다. 그리고 교내 팀들 간에 이들만의 리그가 있고 때로는 다른 대학과의 리그도 있다. 이른바 마이너리그 대학야구다. 동대문야구장에 나가서 다른 대학 대표팀과 경기하는 팀도 있었다. 이른바 서울대학교 야구부다. 주로 사범대학 체육교육과 학생들이 중심이다. 물론 다른 많은 대학들처럼 체육특기생은 아니다. 아무도 이들의 존재를 모르다가 2004년 창단 이후 처음으로 1승을 거뒀다고 신문에 대서특필되는 바람에 널리 알려졌다.

매일 꼴찌만 하던 서울대 야구부의 이야기를 소개하는 것은 서울대 학생들이 공부만 하고 놀 줄 모르는 공부벌레라는 오해를 푸는 데 도움이 되었으면 하는 바람 때문이다. 공부만 하고 놀지 않는 자는 바보가 된다고 하지 않는가. 뿐만 아니라 서울대 1승이 우연히 이루어진 일이 아니라 각고의 노력의 결과라는 사실을 세상에 알리고 싶어서이기도 하다.

아래 글은 서울대 야구부가 1승을 거둘 때 포수를 맡았던 장태진의 도움을 받아 쓴 것이다. 그는 이렇게 회고한다.

"벌써 오랜 시간이 흘렀다. 나는 2004년 9월 1일 17시 17분 동대문야구장의 전광판을 잊지 못한다. '창단 28년, 첫 승을 축하합니다.' 이날의 승리에 앞서 1986년에도 연세대학교라는 대어를 낚을 수 있는 기회가 있었다. 9회초까지 5대4로 앞서고 있던 서울대 야구부는 밀어내기 볼넷의 악몽으로 6대5 역전패한다. 2004년 늦여름, 한일장신대와의 경기에서는 9회초까지 4대3으로 이기고 있던 경기를 4대4 무승부로 마무리한다. 그리고 4일 뒤…… 실책 0이라는 숫자와 함께 2대0이라는 스코어로 서울대는 첫 승리를 경험할 수 있었다. 승리와의 첫 만남은 이렇게 시작되었으나 그 후에는 아직 그를 다시 만나지 못하고 있다."

2000년 봄만 해도 서울대 야구부는 동아리팀이나 마찬가지였다. 운동부라 하기에는 너무도 열악한 환경에 아무런 관심도 받지 못하는, 그저 야구를 좋아하는 학생들이 모인 수준이었다. 10명밖에 안 되는 부원, 100개도 안 되는, 그 가운데 절반은 찢어진 야구공, 명예교수회관 공사 탓에 거리가 72미터밖에 안 되는 좌측 펜스 그리고 자갈밭 야구장이 주어진 현실이었다. 더욱 가관이었던 것은 공사판 철근과 쇠판으로 만들어진 좌측 펜스를 넘어가버린 찢어진 공을 찾아서 공 개수를 헤아리던 모습이었다. 이토록 열악한 현실을 행복한 꿈의 세상으로 만들어주는 것은 파란색 유니폼, 발을 맞추며 외치는 구령 소리, 파이팅 소리 그리고 연습 후에 함께 나누는 첫 승에 대한 막연한 기대였다.

서울대 야구부원들은 2000년 한 해 동안 선배들과 서울대 야구부의 승리를 위한 인프라를 구축했다. 교내 야구대회 2개를 개최하고 프로구단과 여러 기업들을 찾아다니며 스폰서 계약을 맺었다.

덕분에 100개 정도였던 찢어진 야구공이 500개의 새 공으로 바뀌고, 팀 전체에 고작 20자루였던 배트가 개인당 5자루 수준으로 늘어났으며, 전지훈련 및 합숙훈련 때 활용할 수 있는 재원이 마련되는 등 2001년부터는 야구를 '제대로' 할 수 있는 환경이 마련되었다. 이는 누구도 시키지 않았지만, 미치도록 좋아하는 야구를 더 잘하기 위해 야구부원들 스스로가 노력한 결과였다.

야구공 100개로 10명이 야구 훈련을 한다는 것의 의미는 다음과 같다. 1명의 야구선수가 타격 연습을 할 때, 아무리 적게 연습한다고 해도 최소한 서른 번 정도의 피칭에 스윙 연습을 한다. 이는 4~5분 정도밖에 되지 않는 짧은 훈련이다. 이렇게 3명이 타격 연습을 하면 야구부원들은 그다음 3명의 연습을 위해 모두 흩어져서 공을 모아야만 한다. 이런 방식으로 연습을 하면 실제 연습하는 시간보다 공을 찾고, 줍고, 모으는 시간이 더 길어질 수밖에 없다.

운동은 정직하다. 결코 훈련량을 쉽게 배신하지 않는다. 조금 더 많은 움직임은 더 많은 익숙함을 가져다준다. 조금이라도 더 많은 공을 때려보고 잡아본 야구선수가 조금 더 노련한 야구선수가 될 가능성이 높다는 것은 당연한 사실이다. 이들은 2000년도의 준비를 통해 야구선수가 될 가능성을 높였다.

2001년 '슈퍼 하드웨어 4인방'의 입학과 스승의 출현

2001년의 겨울은 겨우내 내린 폭설로 야구장이 온통 눈밭이었다. 조금이라도 일찍 훈련을 시작하고 싶은 욕심에 야구부원들이 야구장의 눈을 치우려 했으나 자연의 힘 앞에서는 역부족이었다. 그렇게 야외 훈련이 미뤄지며 실내에서 웨이트트레이닝, 러닝 등으로 겨울을 보내던 서울대 야구부에게 눈을 녹일 수 있는 뜨거운 태양보다 더 값진 선물이 내려왔다. 1999년 1명, 2000년 1명의 부원만이 보강되었던 야구부에 2001년 적어도 겉모습으로는 어마어마한 힘이 느껴지는 4명의 신입부원이 들어왔다.

핸드볼 공을 75미터는 던질 수 있는 힘을 가진 박진수, 슬램덩크 북산고의 센터인 채치수보다 더 무시무시하고 더 큰 체격과 더 강한 힘을 가진 농구 전공 최성규, 딱 벌어진 어깨에 다부진 하체를 지닌 김효신, 100미터를 12초 F로 달릴 수 있는 빠른 용민······ 이 4인방이 모두 역사적인 첫 승리의 자리에 함께 있었다. 그들의 존재는 엄청난 힘이 되었다. 그 밖에도 중학교 야구 국가대표까지 지냈던 법대 김영태의 합류로 서울대 야구부 최고 '하드웨어 군단'이 완성되었다.

그러나 신체 조건에 비해 기본기는 부족했다. 그때 소중한 분이 왔다. 첫 승까지 함께해준 이형모 코치이다. 하드웨어 군단이 모두 ROTC로 입단하여 야구를 끝까지 함께 하자고 결의하며 정신적으로 하나가 되어가던 시점에 체계적인 훈련을 도와줄 전문코치가 생겼다는 것은 신이 내려주신 기회였다. 그날 이후 서울대 야구부는 달라졌다.

하지만 야구부의 성적은 여전히 참혹했다. 뛰어난 신체 조건을 갖춘 낮은 학번 선수들에게 선배들이 수없이 많은 기회를 주었고, 감독과 코치도 열심히 했지만 실력이 부족했다. 서울대 야구부가 얻은 가장 값진 소득은 당시 함께 경기를 하던 어린 선수들이 앞으로 오랫동안 함께 뛰리라는 믿음이었다. 그 후 02학번 부동의 1번 타자 박현우, 고속 사이드암 최우석, 프로선수의 스윙을 가진 03학번 타신 신동걸, 최고의 내야 백업 최용지, 04학번 차세대 에이스 박찬호가 합류하며 승리를 위한 퍼즐이 채워져갔다.

서울대 야구부의 새로운 각오 — 내 자리는 내가 책임진다

야구부원이 새로 들어오면 적절한 포지션을 찾기 위해 여러 가지로 노력했다. 자신이 원하는 포지션에서 시작해 끝까지 그 자리를 지키는 선수, 야구를 처음 시작하는 선수, 자신의 타고난 조건이 본인이 원하는 포지션과 맞지 않는 선수 모두를 위한 최적의 조합을 만들기 위해 그들 모두는 훈련하고 토의하고 양해를 구하는 노력을 계속했다.

야구 경기가 시작되면 그 어떤 동료도 자신의 자리를 대신 채워줄 수 없다. 자신이 있는 그 공간과 그 시간만큼은 무슨 일이 있더라도 스스로 지켜야만 한다. 제아무리 선동열이라도 투수이며 동시에 야수가 될 수는 없는 스포츠가 야구다. 어느 스포츠라고 안 그렇겠는가. 축구도 농구도 배구도 다 그렇다. 그러나 야구는 더욱 그렇다.

신기하게도 9명의 선수 중 한 선수의 실력이 부족하면 영락없이 2사만루 등의 결정적인 순간에 그 선수에게 공이 간다. 그리고 그 순간의 실수로 인해 팽팽하던 긴장감이 일시에 풀어지면서 서울대 야구부는 수없이 많은 콜드게임 패를 겪었고 이를 통해 수없이 배웠다. 그래서 서울대 야구부의 야구 정신은 '내 자리는 내가 책임진다'로 되었다.

이러한 합의가 이루어진 후 그들은 자신이 가장 잘할 수 있으며 팀에 가장 큰 기여를 할 수 있는 포지션을 찾고, 그 포지션에 맞는 훈련을 오랜 시간 할 수 있었다. 아주 당연한 일 같지만, 과거 서울대 야구부에서는 이러한 분위기를 조성하기가 쉽지 않았다. 자신이 원하는 포지션에 미련이 남아 팀이 원하는 역할과는 다른 역할에 더 많은 시간을 할애하는 경우도 많았다. 2002년의 서울대 야구부는 포지션 전문화가 자리 잡은 시점이었다.

자기 자리를 지키기 위한 서울대 야구부의 훈련 방법

많은 이들이 묻는다.

"서울대 야구부도 합숙을 해? 전지 훈련을 가?"

서울대 야구부도 1년에 최소 네다섯 번 팀워크를 위해 합숙 훈련

을 한다. 장소는 체육관 위쪽의 파워플랜트다. 1층은 서울대 내에
서 필요로 하는 전기를 공급하는 시설이며, 2층은 운동부 합숙을
위한 공간이다. 방학 합숙 기간 동안의 일반적인 스케줄은 아래와
같았다.

오전 7시 30분 기상 4킬로미터 러닝 후 조식(기숙사식당), 10시
~12시 오전 운동 후 중식(학생식당) 및 휴식, 3시~일몰 오후 훈련
후 석식(학생식당), 21시 전체 미팅, 22시~야간 훈련

경우에 따라 오전 운동은 휴식으로 대체하지만 대부분의 합숙
은 위의 스케줄을 따랐다. 기간은 약 15일이며 3일 훈련 1일 휴식의
스케줄이다. 졸업한 선배들은 이 합숙 기간 동안 치킨 등을 사와서
옛 야구 이야기 보따리를 풀어놓는다. 이 이야기를 통해 서울대 야
구부는 현재 선수들만의 것이 아닌 오랜 역사의 것임을 다시 한번
느끼게 된다.

이러한 합숙 훈련은 여름에는 가능하지만 날씨가 추운 겨울에는
한계가 있다. 이를 극복하기 위해 겨울에는 부산이나 제주도로 전
지 훈련을 떠난다. 서울대 야구부가 첫 승을 하기 직전 해인 2003년
12월, 그들은 제주도로 2주간의 전지 훈련을 떠났다. 이 훈련의 지
도를 위해 유지훤 전 두산, 한화 수석코치도 바쁜 가운데서도 동행
하였다.

제주도 전지 훈련의 재원을 마련하기 위한 서울대 야구부원들의 노력은 처절했다. 아르바이트를 하는 것은 기본이고, 1년간 두 번의 야구대회를 활용해 스포츠마케팅을 하였으며, 졸업한 선배들에게 개별적으로 연락해 후원금을 조성하였다. 이렇게 어렵게 마련된 재원으로 좋아하는 야구를 더 잘하고 싶어서, 그들은 소중한 2주간의 전지 훈련을 떠났다.

2003년의 제주도 전지 훈련은 특별했다. 그동안 훈련은 언제나 기본기 훈련이었다. '치고, 뛰고, 받고, 던지고' 이 네 가지에 집중된 훈련이 전부였다. 그러나 2003년의 전지 훈련은 달랐다. 위의 네 가지가 어느 정도 가능한 선수들이 대부분이었기에(이러한 경우는 서울대 야구부에서 흔치 않은 일이다) 그다음 단계의 여러 가지 훈련을 할 수 있었다. 유지훤 코치의 지도가 절대적인 힘이 되었다.

바닷가 백사장에서 다이빙캐치, 슬라이딩 등을 훈련하고 제주관광고등학교 야구장에서는 수비 포메이션에 대한 움직임 훈련(우중간 타구 시 3루까지 진행되는 최단거리 릴레이플레이, 주자 1,3루 시 포수의 송구 및 커트플레이, 견제의 여러 가지 방법, 상대 번트에 대비한 베이스커버, 런다운 훈련 등), 공격 전략 훈련(세이프티번트, 치고 달리기, 1,3루 시 도루 및 홈스틸 등) 등을 하였다. 이 모든 것들은 아마추어선수였던 그들에게는 전부 처음 경험해보는 고난도 훈련이었다. 이 훈련의 의미는 서울대 야구부가 기본을 넘어 심화학습 수준에 이르렀다는 것이었다. 그들은 자신감을 얻을 수 있었다.

꿈같은 전지 훈련이 끝나고 학교로 돌아와 개학 때까지 약간의 휴식을 겸하며 춘계리그를 준비했다. 3월의 춘계리그는 새 학년의 개강과 맞물린 시기라서 수업에 대한 부담감이 큰 것이 사실이었다. 야구경기 일정표와 대한야구협회의 공문을 제출해도 경기 출전을 출석으로 인정해주지 않는 많은 교수들이 야구부에게는 가장 어려운 관문이었다. 그중 가장 큰 상처는 "이기지도 못하면서 왜 하나요? 공부나 하세요"라는 교수들과의 소통 단절이었다.

야구와 학업은 두 마리 토끼

야구선수로 뛰며 학업을 이어간다는 것은 쉬운 일이 아니다. 상식적으로 보자면 그들은 야구보다 공부에 우선순위를 두고 학교생활을 해야 한다. 야구를 열심히 했지만 내세울 수 있는 결과물을 만들어내지 못했다면, 결과적으로 그 학생은 하라는 공부는 하지 않고 대학 시절 즐기기만 한 학생이 된다. 물론 사람들은 그 과정에서 '열정'이나 '리더십' 등을 배웠다고 칭찬해줄 수도 있으나, 이것들은 눈에 보이지 않는 것이기에 인정받기 쉽지 않다.

다시 말하지만 야구부원이 되어 '진지하게 훈련을 소화하며' 학업까지 훌륭하게 해내는 것은 한 번에 두 마리 토끼를 잡는 것처럼 어려운 일이다. 하지만 사회가 그들에게 원하고 그들이 스스로에게 원하는 '진정한 아마추어리즘'은 두 마리 토끼를 잡기 위해 최선을 다하는 것이다. 시간이 부족하면 밥 먹는 시간과 연애 시간을 줄이고, 자투리 시간과 이동 시간을 활용해야 한다. 어려운 과정이지만 그들이 추구해야 하는 방향이다.

스스로의 계획대로 맞춰지던 퍼즐

2001년부터 서울대 야구부에게는 큰 기회가 주어졌다. 한동안 불가능했던 리그전 참가가 허용된 것이다. 토너먼트 경기에서는 단 한 경기에 탈락할 수 있기 때문에 경기 경험이 부족한 서울대 야구부가 승리하는 것은 매우 힘든 일이다. 그러나 리그는 다르다. 물론 그해 참가한 리그의 성적은 참혹했다. 거의 전 경기 콜드게임 패였다. 청주, 군산, 전주 등을 돌며 전 경기를 캠코더로 촬영해 타격 폼을 분석하는 등 노력하였으나 좋은 결과로 이어지지는 않았다.

그러나 2002년부터는 차츰 서울대 야구가 바뀌기 시작했다. 볼넷, 실책, 볼넷 후 안타로 이어지던 좋지 않은 모습에서 볼넷과 실책이 눈에 띄게 줄어들었다. 볼넷과 실책이 줄었으니 콜드게임으로 쉽게 지지 않았고, 점점 관심을 끄는 팀이 되어갔다.

2003년 초여름, 고려대와의 토너먼트 경기는 서울대의 가능성을 스스로 믿게 해준 한판이었다. 처음부터 몰아붙인 서울대 야구부는 고려대에 3대1로 앞서 갔다. 고려대는 투수를 5명이나 교체하고 에이스 투수까지 등판시켰지만 7회가 끝난 시점에도 스코어는 3대3이었다. 결국 6대3으로 고려대가 승리하였지만, 서울대 야구부원들은 모두 강해지고 있음을 느낄 수 있었다. 2001년부터 2003년까지 공식 경기로 40경기 이상을 함께 뛰면서 강해져갔다.

한편 2003년에는 종종 프로야구 선수들이 방문해 연습을 도와주었다. 당시 프로야구에 혜성같이 나타나 유격수 골든글러브까지 거머쥔 두산 손시헌 선수, 두산 1차 지명자인 김성배, 김재호 선수, 방출 신화 이종욱 선수, 두산의 심장인 안경현 현 SBS 해설위원 등이 쉬는 날을 이용해 야구를 가르쳐주었다. 그들은 그 후에도 종종 서울대 야구부를 방문해 많은 도움을 주었다. 이렇듯 모든 것들이 서울대 야구부가 원하는 방향으로 흘러갔다.

그러나 2003년 가을부터 서울대 야구부는 다시 대학 춘·추계리그전에 참가할 수 없을 뻔했다. 대학감독회의에서 결정된 사항이라며 리그전에 참가할 수 없다고 일방적으로 통보받았다. 다른 대학 입장에서는 서울대에 이겨도 본전, 지면 망신이라는 생각이 이런 결정을 부른 것이라 판단했다. 뿐만 아니라 기본기가 서툰 선수들과 경기를 하다가 부딪히기라도 하면 부상당하기 십상이었으리라.

하지만 그들은 멈출 수가 없었다. 리그전에 참가해서 경기를 해야만 승리할 수 있었다. 한 번이라도 꼭 승리하겠다는 열망이 어느 때보다 강했다. 그러나 현실의 벽은 너무 높았다. 그들이 다시 리그전에 복귀한다는 것, 즉 승리에 가까워진다는 것은 요원한 일이었다.

당시 나는 서울대 총장이었다. 주장이었던 박현우 선수를 비롯한 몇몇 야구부원이 총장실을 방문하여 서울대가 리그전에 복귀할 수 있도록 도와달라고 부탁했다. 나는 이내흔 대한야구협회 회장에게 직접 전화를 걸어 서울대의 딱한 사정을 설명한 후 서울대의 리그 출전 불가는 불합리하다고 했다. 그랬더니 이 회장은 확인을 해보겠다고 했다.

나는 아마추어야구는 어디까지나 아마추어리즘에 입각해야 하지 않겠느냐, 공부와 야구를 병행하는 것이 더 바람직하지 않겠느냐며 이 회장을 설득하려고 노력했다. 얼마 지나지 않아 이 회장은 서울대의 리그 출전 불가 결정을 번복하라고 지시했다. 그 결과 서울대 야구부는 다시 리그전에 복귀하여 춘계와 추계 리그 각각 6~7경기에 나갈 수 있게 되었다.

많은 분들의 도움으로 이룬 무승부, 그리고 28년 만의 첫 승

2004년 8월 28일 2부리그에서 한일장신대와의 경기 전, 서울대 야구부원들은 승리에 대한 기대로 가득 차 있었다. 에이스 박진수는 8월 28일 한일장신대, 9월 1일 광주 송원대와의 경기에 대비해 컨디션을 조절하였다. 한일장신대와의 경기는 서울대의 의지대로 풀려갔다. 3대1로 지고 있었으나 경기 내용은 전혀 뒤짐이 없었다. 상대는 우리의 도루를 저지하지 못하였으나 서울대는 상대의 모든 도루를 봉쇄하였다.

　도루를 잡는다는 것의 의미는 매우 컸다. 볼넷 또는 실책으로 나
간 주자가 도루를 하여 2루까지 진출한다는 것은 득점기회를 만드
는 것이다. 그래서 에이스 박진수는 퀵모션을 반복하여 연습한 결
과, 1.2초라는 프로선수 수준에 도달하였다. 포수가 정확히 2루에
던지기만 하면 도루 허용이라는 것은 없었다. 결국 볼넷과 실책을
줄이고 도루를 잡아낼 수 있다면 점수를 허용하지 않을 수 있음을
알 수 있었다. 그것은 투수에게 안정감을 주고 수비 수준을 몇 단
계 높여주었다.

　3대1로 진행되던 경기를 서울대는 7회 공격부터 시작하여 9회초
에 4대3으로 역전시켰다. 9회말 한일장신대의 공격을 무실점으로 막
으면 28년 만의 첫 승리를 경험할 수 있었다. 9회말 2아웃 1,2루의
위기에서 2루타를 허용하여 4대4 동점이 되었고, 그다음 타자는 볼
넷으로 진루시켜 2아웃 만루의 위기를 맞았다. 2스트라이크 3볼에
서 안쪽 승부로 극적인 삼진을 잡아 4대4로 9회를 마쳤다. 우리 모
두는 연장전에서 이기자며 파이팅을 외쳤으나 리그의 규칙으로 인
해 무승부를 기록하였다.

　처음으로 서울대 야구부가 지지 않았다. 다음날 조선, 중앙, 동
아일보에 서울대의 무승부 경기가 기사로 실렸다. 첫 경험이었다.
이제 서울대의 목표는 송원대전 역사적인 첫 승리였다. 하나뿐인
에이스에게 단지 사흘간의 휴식밖에 주지 못했지만, 그들은 서로를
믿었다. 경기 시작 전, 평소와 달리 아무도 긴장하지 않았으며 편한

마음으로 경기에 임했다. 그렇게 역사적인 2004년 9월 1일의 경기는 시작되었다.

그들의 여유로운 모습에 상대 팀은 당황했다. 서울대는 수비 실책이 없었으며 상대 팀의 도루 시도 2개를 무산시켰으나, 상대는 실책 2개와 도루를 허용하면서 스스로 긴장하기 시작했다. 이는 공격에도 영향을 미쳤다. 충분히 홈에 대시할 수 있는 타구에도 상대는 쉽게 시도하지 못했다. 서울대 야구부는 그렇게 6회까지 2대 0으로 리드하고 있었다. 6회까지 두 번, 2사만루의 위기를 무사히 넘겼다. 모든 선수들이 7회 수비가 시작되기 전 모여서 이렇게 외쳤다.

"분명히 한 번의 위기가 더 올 것이다. 그것을 막아내면 이길 수 있다. 그러나 너무 긴장하면 우리 스스로가 무너진다. 진지하되 즐기는 마음으로 수비하자."

예상대로 8회초에 만루의 위기를 다시 겪게 되었다. 만루 위기 전 1,2루의 찬스에서 상대는 우익수 앞 안타를 기록하였다. 3루 코치는 2루 주자에게 홈으로 들어가라고 지시하였지만, 2루 주자는 스스로 3루에서 멈추었다. 이렇게 만들어진 2사만루의 위기에서 포수와 투수는 마운드에서 만났다.

"우리는 아무도 긴장하지 않고 있다. 상대 타자는 지금 타석에서 못 쳐내면 '역적'이 될까봐 굉장히 긴장할 거다. 변화구로 승부한다면 분명히 힘이 들어가서 땅볼이 나올 테니 그렇게 가자. 우리 유격수와 2루수 수비가 좋으니 걱정 마라."

그렇게 변화구로 승부하였고, 결과는 예상대로 유격수 앞 땅볼이었다. 가장 가까운 2루수에게 공을 던지고 난 다음 유격수 이예훈은 한동안 더그아웃으로 들어오지 못했다. 그제야 모두 승리가 손에 잡힐 만큼 가까이 왔음을 느낄 수 있었다. 공격이 최고의 수비라고 했지만, 그들의 머릿속에는 온통 9회 수비에 대한 생각뿐이었다. 그리고 만약 9회초 수비로 경기가 끝난다면 서울대 야구부는 역사상 처음으로 공격을 여덟 번만 하고 경기가 마무리되는 것이었다.

9회초 수비가 시작됐다. 선수들이 마운드 위에 모였다. 손을 모으고 마음을 모았다. 그리고 본인이 책임져야만 하는 곳으로 흩어져 뛰어갔다.

첫번째 타자 볼넷…… 이것은 불안한 조짐을 알리는 과거 서울대의 모습이었다. 그다음 타자 1루수 땅볼…… 1점 차이였다면 1루수가 그 1점 리드를 지키기 위해 2루 송구를 서두르다 공을 떨어뜨리거나 악송구를 했을지도 모른다. 하지만 2점의 리드는 여유 있게 1루 베이스를 밟게 해주었다. 그렇기에 야구에서 1점의 중요성은 말할 필요가 없다.

1아웃…… 그리고 그다음 타자의 타구는 우익수 앞 빗맞은 타

144

구…… 전력 질주하여 잡아낸 주장 우익수 박현우…… 2아웃……
총 12명의 선수, 2명의 코칭스태프, 10여 명의 응원단의 가슴이 뛰
기 시작한다.

그리고 마지막이 될 수 있는 타자를 맞이하기 전, 포수가 마운드
에 올라갔다. 긴장을 풀기 위해 승리 후 시원한 맥주 한잔 하자고
웃으며 얘기를 나누었다. 에이스 박진수는 2점 차의 여유로 "홈런만
아니면 안 되겠능교?"라고 말했다. "그래, 떨어지는 변화구로 낮게
만 가자……" 그렇게 152개의 투구 중 마지막 투구를 하였다. 장타
를 노려 허리가 먼저 틀어진 상대편 타자의 배트 끝에 걸린 타구는
좌익수 쪽 평범한 뜬공이었다. 그 평범한 타구가 내려오는 시간과
좌익수 용민의 글러브에 들어가는 순간은 결코 평범한 타구의 시간
이 아니었다.

'제발……'
잡았다!

9회말 공격은 필요 없다. 이겼다. 마운드로 소리치며 뛰어갔다.
TV에서 늘 봤던 한국시리즈 우승팀처럼……

서울대 야구부가 첫 승리를 기록한 그날 저녁, 나는 추억의 장소
인 낙성대 입구의 한 갈빗집으로 갔다. 그곳은 얼마 전 서울대 야구
부가 북경대 야구부에게 승리한 후 내가 야구부원들을 축하하고

격려해준 곳이다.

야구에 관한 한 서울대, 도쿄대, 북경대 간에는 실력 차가 뚜렷하다. 도쿄대, 서울대, 북경대 순이다. 내가 총장이 된 후 세 대학 간 야구경기가 몇 번 있었다. 우리는 도쿄대에 항상 콜드게임 패이고, 북경대는 서울대에 패했다. 한번은 서울대가 도쿄에 가서 도쿄대와 경기할 때 하일성 당시 KBO 사무총장이 같이 가주었다. 그러나 우리가 콜드 패할 줄은 몰랐다. 같이 간 이미나 학생처장이 하일성 총장에게 미안해서 어쩔 줄 몰랐다고 고백한 적이 있다. 그래도 야구로 맺은 인연은 끈끈하기 짝이 없다. 그 후 나는 하일성 해설위원과 가까워졌다. 그는 해설 때 보여주는 것 이상의 남성다움이 있다. 그리고 정말로 야구를 사랑한다. 그렇지 않으면 무엇하러 약체 서울대팀을 이끌고 도쿄까지 갔겠는가.

서울대 야구부원들은 북경대와의 승리를 진정한 승리라고 생각하지 않았다. 대한민국 대학리그에서 승리할 그날을 바라며 부딪쳤던 수많은 소주잔이 이제는 현실이 된 것이다. 나는 바쁜 저녁 일정을 취소하고 서울대의 승리를 축하해주었다. 그리고 그날 6시 30분부터 시작한 주중 프로야구 야간경기가 끝나고 두산 베어스의 손시헌 선수 등도 11시에 합류하여 첫 승리를 축하해주었다.

저녁 8시 30분, SBS 스포츠뉴스가 서울대의 승리를 전했다. 그 뉴스를 숨죽여 보고 나서 마신 건배 한 잔의 짜릿함은 아직도 생생

하다. 그날 네이버 검색어 1위에 "서울대 야구부 첫 승"이 올랐으며, 그 후 수없이 많은 기자들이 학교를 방문했다. 많은 신문 지면과 방송 프로그램이 서울대 승리에 대한 내용을 다루었다.

그해 겨울, 우리는 대한민국 야구계의 가장 큰 모임 중 하나인 일구회에서 시상하는 '일구회 대상'에 선정되었다. 프로야구 관련 선수, 코칭스태프 등 야구계 인사들이 참석한 자리에서 우리 서울대 야구부가 수상을 하면서 야구계 전체에 '서울대학교 야구부'라는 여덟 글자가 크게 새겨졌다.

그리고 서울대학교 야구장의 열악했던 모습이 바뀌었다. 나는 야간에도 훈련할 수 있도록 야구장에 조명 시설을 해주었다. 불규칙 바운드를 줄이도록 물을 뿌릴 수 있는 장치를 만들었으며, 선수들이 편하게 타격 훈련을 할 수 있는 그물 타격연습장도 설치했다.

하지만 첫 승의 기쁨이 완전히 가시기도 전인 2005년에 1승 선수들 중 7명이 졸업을 하였다. 00학번 장태진과 01학번 박진수, 최성규, 용민은 ROTC 장교로 임관하였으며, 승리 때까지 졸업을 미룬 98학번 이예훈과 99학번 김동운은 이제 부담 없이 졸업할 수 있었다.

'공부하는 야구선수'의 합류와 '노블레스 오블리주' 감독

뛰어난 실력으로 연전연승하는 팀이 아니더라도 내가 진심으로 좋아하는 야구를 주제로 서울대 야구부원들과 대화하며 함께할 수 있다는 건 행복한 경험이었다. 그 안에서 나는 포기하지 않는 자만이 끝끝내 무언가를 얻어낼 수 있다는 강한 확신을 얻었으며, 선생과 학생의 위치를 떠나 야구 안에서 하나가 되어가는 기쁨을 맛보았다.

2004년 첫 승 이후 다시 연패를 기록하며 존재감이 희박해지던 서울대 야구부에 2013년 '고교 야구선수 최초 서울대 합격생'이 들어왔다. 서울 덕수고 출신 외야수로 2012년도 주말리그 우승의 주역이자 세계청소년야구선수권대회 국가대표 상비군에도 뽑힌 이성호 선수가 서울대 체육교육과 수시전형에 멋지게 합격한 뒤 서울대 야구부에 합류한 것이다.

이정호 군은 2012년 고교야구 주말리그에서 23경기에 출장해 3할 1푼의 타율을 올렸고, 청룡기대회에선 12타수 6안타 5할의 타율을 기록하기도 했다. 서울대 야구부는 천군만마를 얻은 기분이었고, 9년 만에 다시 1승을 더할 수 있다는 기대에 잔뜩 부풀었다.

서울대 야구부가 1승이 아니라 2승, 3승도 할 수 있으리라 기대하는 또다른 이유는 지난 2010년 5월부터 서울대 야구부 사령탑을 자청해서 맡아온 한국 야구계의 대표적 '노블레스 오블리주noblesse oblige' 이광환 감독 때문이다.

1988년부터 20년간 OB 베어스, LG 트윈스, 한화 이글스, 우리 히어로즈의 감독을 맡았던 이광환 감독이 서울대 야구부 사령탑을 맡기로 결심한 건 서울대·KBO·대한야구협회의 야구지도자 전문 교육 프로그램인 '베이스볼 아카데미'의 공동원장을 맡으면서부터 다. 베이스볼 아카데미의 사무실이 서울대에 있다보니 이 감독은 오다가다 서울대 야구부원들의 훈련 장면을 보게 되었다. 야구 실력은 미숙하지만 야구를 대하는 자세가 남다른 그들을 보며 이 감독은 '누가 조금만 도와주면 야구를 더 재미있게 즐길 텐데'라는 생각에 감독을 자청했다.

이광환 감독은 서울대 야구부 감독직 자청 이유에 대한 〈스포츠 춘추〉 박동희 기자의 질문에 다음과 같이 자신의 소박한 생각을 전했다.

"서울대 학생들을 가리켜 '수재'라고 하지 않나. 하지만 진정한 수재는 나 혼자 잘난 게 아니라 남과 더불어 세상을 더 환하게 밝히는 이들이다. 야구는 나와 남을 하나로 묶는 매우 좋은 연결체다. 야구로부터 얻을 수 있는 다양한 가치를 학생들에게 전달한다면 그것 또한 야구인으로서 최고의 보람이 아닐까 싶어 야구부 감독을 맡았다."

野球

4장

홈플레이트는
움직이지 않는다

禮讚

야구는 놀이이자
휴식이다

야구가 우리나라에 처음 들어온 게 1905년이니까 그야말로 우리 현대사와 그 역사를 함께해왔다. 야구는 일제강점기를 지나는 동안 억눌린 마음을 호쾌한 타구로 날려버리게 해주었고, 해방 후에는 가난과 고통을 잊게 해주었다. 허리띠 졸라매고 잘살아보자고 땀방울을 흘릴 때도 라디오에 귀를 기울이거나 TV 앞에 앉아 야구 중계를 듣고 보며 희망과 꿈을 키웠다. 정당하지 못한 방법으로 들어선 정권들이 이를 교묘하게 활용한 적도 있지만, 국민들에게는 그것이 휴식이요 충전이었다. 공주 촌놈인 내가 서울에 처음 올라와서 느끼던 외로움과 답답함을 야구로 달랬던 것처럼.

서양의 격언에 "일만 하고 놀지 않는 자는 바보가 된다"라는 말이 있다. 내가 생각하는 야구는 놀이요 휴식이다. 우리가 가난과 굶주림을 뚫고 세계가 주목하는 경제 발전을 이룬 것은 근면과 성실이 바탕이 된 노동이 기본이겠지만, 그 뒤에는 그토록 열광하며 몰두했던 야구라는 휴식이 있었다고 믿는다.

야구를 대하는 각 나라의 태도를 빗댄 말이 떠오른다. 일본에서는 신앙이고 미국에서는 생활이고 우리나라에서는 스포츠라고. 신앙은 숭배를, 생활은 놀이를, 스포츠는 승부를 가리킨다. 야구를 숭배의 대상으로 여기는 것도 낯설지만, 늘 승부에 집착하는 태도도 마땅치는 않다. 우리의 야구도 미국처럼 놀이의 영역이 되었으면 좋겠다. 나는 최근 번창하는 동호인 야구, 사회인 야구가 한국 야구를 미국 야구처럼 놀이로 만들 것을 기대한다.

다른 이들도 그렇겠지만 나 역시 메이저리그에서 활약하던 박찬호의 경기를 즐겨 봤다. 투구 내용이 좋아 승리투수라도 되는 날에는 내 일처럼 기쁘지만, 그 반대가 되면 속을 끓인 이들이 많았을 것이다. 그러나 정작 당사자인 박찬호는 인터뷰를 통해 늘 이렇게 말했다.

"이기고 지는 것에 연연하지 않는다. 다만 순간순간을 즐길 뿐이다."

바로 이런 태도가 그를 야구의 본고장인 미국 메이저리그에서 17년 동안이나 살아남게 하고, 동양인으로서는 최다승인 124승을 거두게 한 원동력인지 모른다. 천재는 노력하는 자를 이길 수 없고, 노력하는 자는 즐기는 자를 이길 수 없다는 말을 증명해준 박찬호다.

나의 2종 외도,
야구

나는 대학교수 시절 강의와 연구 말고는 될 수 있으면 딴 일은 안
하려고 했다. 경제·경영학 교수들은 사외이사도 가끔 한다. 나는
그곳에 가지 않으려고 노력했다. 그곳에 쏟는 시간도 만만치 않을
테지만, 이따금 이사회에 나가 내가 할 발언들이 잘못하다가는 회
사 사정을 잘 모르며 발산하는 노이즈에 그칠 가능성이 높다고 생
각했기 때문이다. 관직도 마찬가지다. 아예 교수를 그만두고 정부
에 나가서 일하는 건 몰라도 교수직을 유지하며 그곳에 가는 것은
바람직하지 않다고 생각했다. 그래서 총장 때 교수들의 학교 밖 진
출을 말렸다. 그리고 총리로 나갈 때는 주저 없이 서울대 교수직을
사임했다.

그러나 가끔 신문에 글을 써 교수로서 사회에 대해 건설적으로
비판하는 것은 반대하지 않았다. 나 자신도 1980년대 후반부터 신

문에 칼럼을 썼다. 한번 쓰면 정말로 열심히 썼다. 목요일에 나올 글은 그전 주말에 초고를 쓴 후 가족에게 평을 듣고는, 주초에 학교에 가서 학생들, 먼저 대학원생들 다음에는 학부생들에게 마음대로 고쳐보라고 했다. 누구나 쉽게 이해할 수 있는 글을 쓰려는 노력이었다. 그러한 과정을 거쳐 수요일 오후 2시까지 신문사에 글을 보냈다.

그 결과 아이디어는 별로 변하지 않아도 표현은 이리저리 다듬어졌다. 동시에 이른바 '대학교수의 현실과의 동떨어짐'도 다소 피할 수 있었다. 때로는 생각이 너무 강하다는 평을 들은 건 사실이다. 오죽하면 어떤 신문은 내 글 밑에 "이 글은 본사의 편집 방향과 반드시 일치하지 않을 수도 있다"는 주석을 달았겠는가. 아마 이러한 주석은 내 글 때문에 처음 신문에 등장했을 것이다.

이것이 나의 제1종 외도라면 제2종 외도는 '야구 사랑'이었다. 나의 야구 사랑은 주로 야구 관람, 야구 칼럼 쓰기, 야구 관련 인터뷰, 야구 해설 등으로 표출되어왔다. 야구 관람은 자주 하지만 칼럼, 인터뷰, 해설 건은 손에 꼽을 정도였다. 야구와 관련된 나의 몇 가지 외도를 소개하고 한국 야구의 발전을 위한 아이디어도 제안하고자 한다.

야구 해설가로 깜짝 데뷔

나는 하일성 위원이나 허구연 위원 정도의 실력은 돼야 야구 해설을 할 수 있는 줄 알았다. 그러나 나에게 뜻하지 않은 행운이 찾아왔다. TBS 교통방송에서 주말마다 잠실에서 야구 중계를 할 예정인데 첫번째 중계의 해설을 나보고 해달라는 것이었다. 물론 나는 객원 해설위원이고 본 해설위원은 이병훈 위원이라면서. TBS는 내 중·고등학교 때의 친구인 이준호가 본부장이었다. 어떻게 보면 정실인사情實人事인지도 모른다. 외도치고는 너무 벗어난 외도였다. 그래서 처음에 여러 번 거절했다. 내 실력으로는 해설이 안 된다고, 교수 일이나 제대로 하지 학교 밖에 관심을 갖지 말아야겠다고 생각했기 때문이다.

그러나 이 본부장은 막무가내였다. TBS의 위상을 높여달라는 말도 하였다. 나는 그 유혹을 물리칠 수 없었다. 야구가 정말 좋아서다. 그래서 2008년 잠실야구장에서의 개막전인 두산 베어스와 우리 히어로즈의 경기를 이병훈 위원의 도움을 받아 해설했다. 야구 해설은 한 번으로 족했다. 그런데 해설을 하고 난 며칠 후 〈일요신문〉에서 인터뷰 요청을 해왔다. 이병훈 위원과 이영미 기자가 찾아와 긴 시간을 야구 이야기로 보냈다. 이영미 기자가 나를 맑은 사람으로 추켜주었다. 조금 쑥스럽지만 인터뷰 기사를 그대로 싣는다.

2시간 동안 인터뷰를 하면서 그가 참 '맑다'는 느낌이 들었다. 대한민국의 저명한 경제학자이고 제23대 서울대학교 총장을 역임했으며 2007년 대통령 선거에서 민주당의 유력 후보로 거론됐다가 고사했던 사람과 '맑다'는 단어와는 거리감이 있어 보이지만 모든 타이틀을 뗀 '정운찬'한테선 맑은 기운이 감돌았다.

정운찬 전 서울대 총장(61). 총장에서 물러난 후 경제학과 교수로 재직중인 그는 지난 3월 30일 프로야구 정규시즌 개막전에서 일일 야구 해설가로 깜짝 데뷔하며 관심을 불러일으켰다. 평소 친분이 있던 이준호 TBS(교통방송) 본부장의 부탁으로 마이크 앞에 앉은 그는 두산 베어스와 우리 히어로즈 개막전에 이병훈 해설위원, 김동연 캐스터와 함께 해박한 야구 지식과 구수한 입담을 자랑하며 남다른 '끼'를 선보였다. 성공적인 해설가 데뷔전을 마치고 다시 '본업'으로 돌아간 정 전 총장을 이번엔 이병훈 해설위원이 '취재기자'의 신분으로 서울대를 찾아 인터뷰를 했다. 지난 4월 3일 정 전 총장은 "평소 인터뷰 잘 안 하는데 이 위원에게 신세진 걸 갚으려고 응한 것"이라며 개막전에서 해설할 당시 이 위원의 도움으로 큰 실수를 하지 않았다고 설명했다. 질문은 기자와 이 위원이 병행하며 진행한 탓에 지면에선 〈일요신문〉으로 표기한다.

야구 해설위원 평점은?

일요신문(일)_____ 처음 해설하실 땐 긴장하신 듯하다가 2회 지나니까 즐기시는 것 같더라고요. 해설을 너무 재미있게 들었습니다.

정운찬(정)_____ 사람들이 그러대. 7회부턴 목이 쉰 것 같았다고(웃음). 1회 때는 몸과 목소리가 너무 안 풀렸고 7,8회부턴 좀 피곤해지더라고요. 3시간 넘게 한 가지 일에 몰두하긴 힘들어 정말.

일＿＿ 가족들, 지인들 반응은 어땠어요?

정＿＿ 처제와 집사람, 제자들 그리고 서울대 직원들이 (방송을) 많이 들었더라고요. 가족들이 더 긴장했나봐. 내 목소리가 제대로 나오지 않았다고 안타까워 하데요. 김동연 캐스터와 이병훈 해설위원은 목소리 톤이 1회부터 9회까지 일정한 반면에 난 오락가락했어. 처음엔 긴장해서, 나중엔 지쳐서 힘들었죠(웃음).

일＿＿ 워낙 강의와 강연을 많이 하신 분이라 라디오 해설이 크게 긴장되거나 어렵게 느껴지진 않았을 것 같아요.

정＿＿ 전혀 그렇지 않아요. 사실 긴장이 많이 됐어요. 격식을 따져서 대답해야 하니까 부자연스러웠죠.

일＿＿ 이참에 아예 TV 쪽으로 나가 해설을 해보시는 건 어떨까요?

정＿＿ 어휴 무슨 말씀을. 외도는 한 번으로 족해요. 시간도 넉넉하지 않고. 무엇보다 아는 게 많지 않아서 여러 번 하다보면 바닥이 보이거든. 이번에 해설할 때 보니까 이 위원은 중계석에서 투수의 구질까지 파악하더라고. 난 전혀 보이지 않던데. 그 멀리서 투수가 무슨 공을 던지는지 어떻게 알아요?

일＿＿ 라디오보다 TV는 오히려 편해요. 모니터를 보면서 할 수 있으니까. 평소 야구광, 야구 마니아로 유명하시잖아요. 직접 야구도 하셨다면서요?

정___ 동네야구는 많이 했었죠. 경기중학교에 야구부가 있어서 들어갔다가 2학년 가을까지 유니폼을 입을 수 있었어요. 코치 선생님에게 "언제쯤 주전으로 뛰게 해주실 거죠?"라고 여쭤봤다가 "운찬이는 야구보다 공부하는 게 더 낫다"는 대답에 야구를 그만뒀어요. 완곡한 표현이셨지만 야구엔 소질 없으니까 공부나 하라는 말씀이 시잖아. 그 후에도 야구는 내 절대적인 취미생활이었어요. 중·고등학교부터 대학, 그리고 미국 유학생활하면서도 소프트볼을 계속했거든.

일___ 야구 때문에 박사학위 논문이 늦어졌다면서요?

정___ 1970년대 미국 프린스턴대학에서 박사 논문을 준비하며 프린스턴, 컬럼비아, 펜실베이니아, 럿거스 대학에서 유학중인 한국 학생들을 대상으로 4개 대학 소프트볼 대회를 만들었어요. 그때 제가 만든 대회가 20년 훨씬 넘게 계속됐고요. 제가 다닌 프린스턴에는 한국 학생이 적었어요. 전체 8명 정도였나? 과거 외무부 장관을 하셨던 한승주 고려대 교수 아들이 찰스였거든(당시 중학생). 그 찰스를 '꿔다가' 선수로 뛰게 한 적도 있어요. 찰스가 바쁘면 한승주 선생을 뛰시게 하고. 선수가 모자라니 어떡해. 학생이 안 되면 부모라도 뛰어야지(웃음). 한 선생이 야구를 아주 잘했어요.

일___ 뉴욕 양키스와 뉴욕 메츠 팬이라고 들었어요.

정___ 미국에서 생활할 때 뉴욕 양키스와 뉴욕 메츠 경기를 많이 **160**

봤어요. 1년에 100경기 정도는 봤을걸요. TV로도 보고 야구장에 가서도 보고. 지금도 프로야구 두산의 홈경기를 1년에 25경기 정도는 잠실에서 봐요.

두산 팬이 된 사연은?

일____ 지난번 해설하실 때 안경현 선수가 팀 전력에서 제외되는 부분을 놓고 안타까워하셨어요.

정____ 안경현 선수랑 김경문 감독이랑 무슨 사연이 있는 거죠? (이에 대해 이병훈 위원이 '오프 더 레코드'를 전제로 두 사람 사이에 벌어졌던 일을 설명해줬다.) 만약 그렇다면 숨기지 말고 세상에 알려야 하는 거 아닌가. 겉으로만 타구가 약해졌다, 전에만 못하다고 말하지 말고 솔직하게 드러내놓고 해결점을 찾아가는 게 옳다고 봐요. 그래야 팬들도 오해하지 않고 관심을 가질 테고. 난 이렇게 봐요. 두산에 도움이 될 만한 선수라면 감독이 고칠 수 있도록 유도해줘야 해요. 아무리 운동 세계라고 해도 그곳도 사람 사는 곳이니까. 또 한 가지! 감독은 선수 위에 있지만 감독 포함해서 전 구단은 팬 밑에 있다는 사실입니다. 이걸 꼭 명심해야 해요. 10번 타자가 두산 팬들이라고 말만 하지 말고요.

정 전 총장은 충남 공주 출신이다. 연고지를 따진다면 한화 이글스 팬이 돼야 하지만 그는 두산과 오랜 인연을 맺고 있다. 이유는 서울대 재학 시절 동창회 장학금을 받았는데 상과대학 총동창회장이 OB(두산)의 고 박두병 회장이었다고 한다.

일____ 일부 야구인들 사이에선 정 전 총장님을 KBO 총재로 모시자는 얘기도 있어요.

정____ 내가 '고사'하는 데 일가견이 있어요(웃음). 1988~89년 메이저리그 7대 커미셔너로 재직한 바틀릿 지어마티가 예일대 총장 출신이었어요. 따라서 대학 총장이 KBO 총재 되지 말란 법은 없겠죠. 하지만 총재는 정부를 상대로 각종 규제를 풀게 하고 미국, 일본처럼 좋은 야구장을 짓게 하고 수익 창출을 돕도록 해야 하는 자리라 정치적인 역량이 있어야 해요. 난 그런 부분에선 힘이 없잖아요. 야구는 무척 사랑하지만 정치적인 힘이 없어서 총재가 되기 어려워요.

일____ 혹시 관심은 있으신가요?

정____ 안 돼. 그런 유도 질문은(웃음).

일____ 총장 재임 시절 학교 측에선 야구장을 자주 찾는 총장에 대해 좋지 않은 시선도 있었을 것 같아요.

정____ 나도 직접 그런 얘기를 들었어요. 그러나 버트런드 러셀이 "부지런한 머리로부턴 기대할 게 없다"는 얘기를 했어요. 가끔씩 머리를 쉬게 해줘야 한다는 소리지. 주위에서 왜 자꾸 야구장에 가느냐고 물어보면 "그냥 가는 게 아니야. 머리를 쉬게 해주려고 가는 거라니까"라고 응수했어요. 다 근무 시간 후에 갔어요. 평일엔 야간 게임이고 토요일은 오후 2시부터니까 근무 태만은 아니잖아요(웃음).

정 전 총장은 야구장을 자주 찾긴 했지만 학교 일에 소홀한 적이 없다고 말했다. 대학 자율화를 위해 열정을 쏟았고 서울대를 위한 기금 모금에도 현금만 1600억 원을 모았다고 한다. 그래서 그 '빚'을 언제 다 갚느냐고 했더니 한창 '애프터서비스' 중이라며 웃는다. 한 예로 애써 거절해왔던 주례를 서는 파격으로 고마움을 대신 전한다는 것. 가수 싸이의 주례를 섰던 정 전 총장은 "싸이 주례는 '애프터서비스'와 상관없는 일이었다. 싸이 어머니와 집사람이랑 친구고 싸이 아버지랑은 고등학교 선후배 사이다. 처음엔 거절했다가 싸이 어머니의 간청에 승낙했다"라고 설명한다.

일____ 좀 다른 질문을 해볼게요. 지난해 대선 불출마 선언을 하시긴 했지만 학자로 신망받는 분이 정치에 참여한다는 얘길 듣고 개인적으로 의아해했어요. 왜 혼탁한 정치판에 발을 담그려 했을까 하는 생각도 했고요.

정____ 이렇게 설명해볼게요. 날 키워주다시피한 스코필드 박사님이 "정치는 하지 마라. 그러나 사회에 대해 건설적인 비판은 해라. 그러다 나라가 정말 위기에 빠진 것 같으면 몸과 마음을 바쳐라"고 자주 얘기하셨어요. 2006년 말에 한국이 위기에 빠진 것 같더라고요. 주위로부터 나라를 위해 일해달라는 권유도 받았고요. 그래서 정치 진출을 진지하게 고민했죠. 하지만 정치를 하려면 정치적 '집'이 필요하잖아요. 정당에 들어가야 하는데 기존 정당보다는 새로운 정당을 만들고 싶었어요. 새로운 정당을 만들기 위해 아는 사람들에게 연구를 시키다가 어느 순간 준비 부족을 실감했고 내 능력

으론 이 판에 뛰어들기가 힘들겠다는 결론을 내렸죠. 그래서 접은
거야. 심플스토리예요.

일____ 평생 들어보지 못한 음해성 소문도 있었어요. 그래서 상처
도 받으셨을 것 같고.
정____ 별 소문이 다 있었죠. 노무현 대통령이 협박했다느니, 기업
오너와 연관이 있다느니…… 전혀 아닙니다. 음해성 흑색선전은 사
실과 다르니까 괜찮은데 더 끌다가 가족한테까지 영향을 미칠 것
같았어요. 부끄러운 건 없어요. 문제는 거짓말로 나오는 걸 사람들
이 믿는다는 거였지. 그래서 관두려면 빨리 관두자 했던 거죠. 사람
들의 왜곡된 관심에서 벗어나고 싶었어요.

일____ 정치와 야구를 접목시킨다면 어떤 설명이 가능할까요.
정____ (웃으면서) 연결시키고 싶지 않아요. 그건 야구를 모독하는
거니까. 야구는 룰을 확실히 지키잖아요. 정치는 룰을 안 지켜도 버
젓이 살아남게 되고요. 그런데 내가 이런 얘기 한 줄 알면 정치하
는 사람들이 '그래 너, 잘났다!' 하겠네.

일____ 지금까지 살아오면서 고사해온 게 굉장히 많으셨을 것 같아
요. 최근에도 새 정부가 들어서면서 여러 가지 '자리'를 제의했다고
하던데.
정____ 어머니의 가르침 중에서 두 가지가 기억나요. 하나는 밥 먹
을 때 밥상에서 손에 닿지 않는 건 먹지 마라, 두번째는 잔칫집에서

164

초대를 하더라도 세 번 이상 간곡하게 초대하지 않으면 가지 마라. 그 가르침에 충실했을 뿐이에요.

일＿＿＿ 거절해온 '자리'들 중 아쉽거나 후회되는 제안이 있을까요. 지금 돌이켜 생각해봤을 때 말이죠.

정＿＿＿ 준비가 안 돼 거절했기 때문에 아쉬움은 없어요.

베스트 텐을 뽑는다면

정 전 총장은 "내가 만약 대표팀 감독이라면 어떤 선수를 뽑겠느냐"는 질문에 굉장히 흥분(?)해서 선수들 명단을 내놓았다. 투수엔 류현진, 포수 홍성흔, 1루수 장성호, 2루수 안경현, 3루수 김동주(여기까지 말하다 "너무 두산 선수들이 많지?"라며 웃는다), 유격수 박진만, 좌익수 양준혁, 우익수 이진영, 중견수 이종욱, 그리고 지명타자론 롯데 이대호를 꼽는다. 이 리스트를 본 이병훈 해설위원이 한마디 건넨다. "이 선수들만 데리고 있으면 126게임 중 120게임은 이기겠네요(웃음)."

〈일요신문〉 이영미 기자_2008년 4월 11일

야구 해설가 도전 이후 이런 일도 있었다. 조선일보 파리 특파원 출신인 윤호미 씨가 '리얼TV'라는 케이블 방송에서 '윤호미의 맛있는 만남'이라는 프로그램을 열었다. 음식을 같이 먹으며 이야기를 나누는 토크쇼였는데, 첫번째 손님으로 나와 하일성 해설위원을 초대하여 야구 이야기를 해보고 싶다고 했다. 나는 하일성 위원에게 서울대를 위해 동경까지 갔다 오신 빚을 갚는 기회라 생각했다. 그리고 재미도 있겠다 싶어 응했다. 먼저 부산의 사직구장까지 가서 셋이서 야구를 함께 본 후 스튜디오에서 촬영을 진행했다. 그 자리에서 나는 "야구는 9회말 2아웃 2스트라이크 상황에서 승부를 단정할 수 없는 스릴 있는 스포츠다", "팀플레이를 하면서도 개인 기록과 팀 성적이 나온다" 등 내 기준으로 야구예찬을 펼쳤다. 깜짝 이벤트 삼아 야구경기를 다시 보며 나름의 해설을 했는데 하일성 위원이 내 해설은 "가슴으로 하는 해설"이라고 평했다. 나는 그게 무슨 뜻인지도 모르면서도 그저 좋은 평가려니 생각하고 기분이 좋았다.

나의 두산 베어스 사랑

나는 프로야구 원년부터 두산 베어스 팬이다. 내 고향을 따진다면 한화 이글스 팬이 돼야 하지만 오히려 두산과 오랜 인연을 맺어왔다. 그 이유는 서울대 재학 시절 동창회 장학금을 받았는데 당시 상과대학 동창회장이 OB(두산)의 고 박두병 회장이었다. 이렇게 나는 일찍이 두산 베어스의 '평생회원'이 되어 두산이 이기면 좋고 지면 안타까워하며 야구를 훨씬 더 재미있게 즐겨왔다. 두산은 나에게 야구의 묘미와 즐거움을 더해주는 '절친'임에 틀림없다. 두산이 2001년 한국시리즈에서 삼성을 꺾고 우승했을 때는 우승축하연 도중 통역이 어디론가 간 사이 우승의 주역인 타이론 우즈Tyrone Woods의 통역을 맡기도 했다.

두산 팬으로서 두산의 강점을 말한다면, 먼저 자신감이 넘치고 팀워크가 강하다. 팀마다 특색이 있지만 두산은 끈질기고 근성이 있다. 2군에 있는 좋은 신인선수들을 잘 키운다. 그래서 선수층이 두텁다. 해마다 두산은 하위권으로 분류되지만 막상 시즌에 접어들면 늘 좋은 경기 내용을 보이는 게 그 때문이다.

사실 두산에는 스타선수가 별로 없다. 그런데 경기에서는 잘 이기는 것은 선수들이 서로 호흡을 맞추려는 노력을 하기 때문이다. 또한 팀플레이를 잘 시키는 감독의 역량 때문이기도 하다. 어느 날 민훈기 기자가 SK 와이번스 선수를 인터뷰하면서 "강팀은 어디라고 생각하느냐?" 물었더니 SK, 롯데, 삼성을 꼽았다고 한다. 그래서 "두산도 있지 않느냐"고 그랬더니 "두산은 이기긴 이기는데 왜 이기는지 모르겠다"고 대답했단다. 팀워크의 힘인 것이다. 시즌 초에는 5위 이하에 머물다가 시즌이 끝나고 보면 4위 이상일 때가 대부분인데, 그게 팀플레이의 힘이라고 생각한다.

두산 베어스 선수들 중 나는 특히 안경현 선수의 팬이었다. 팀을 잘 이끌어갈 뿐 아니라 파워히터는 아니지만 꼭 필요할 때 제 역할을 해주는 진정한 프로선수다. 2000년, LG와 두산은 플레이오프에서 만났다. 5차전까지 2승 3패로 열세이던 두산이 6차전에서도 LG에게 9회 2사까지 1점 차로 뒤지고 있었는데 타석에 안경현 선수가 들어섰다. 나는 대학 선배이자 두산 계열사 대표인 한승희 씨와 함께 경기를 관전하고 있었다. 나는 "안경현이 여기서 분명히 홈런을 칠 것 같다"고 말했다. 그러니까 한 대표가 "이봐, 경기 다 끝났어. 홈런은 무슨"이라고 하셨다. 그런데 안경현이 라인드라이브로

좌중간 펜스를 넘기는 동점 홈런을 쳐냈다. 그 후 심정수의 홈런으로 두산은 한국시리즈에 진출하는 발판을 마련했다. 덕분에 나는 한승희 대표님에게 야구 잘 맞히는 사람이 되었다. 두산에 애정을 가진 덕분일까? 그 후에도 두산 경기에서 이런 식으로 가끔 안타나 홈런이 나올 거라고 맞히는 경우가 많아졌다.

나는 두산이 안경현 선수를 SK 와이번스로 트레이드할 때 참으로 안타깝게 생각했다. 두산 팬이면서도 두산을 미워한 건 그때가 처음이었다. 비단 나뿐이 아니었다. 두산 팬들은 인터넷에서 두산을 비난하는 글을 마구 써댔다. 안경현 선수는 SK에도 오래 있지 못하고 은퇴했다. 지금은 SBS ESPN 야구 해설위원이다. 해설은 야구보다도 더 잘하는 것 같다. 하일성 해설위원도 안경현이 리더십이 뛰어나 지도자로 나갔으면 좋겠는데 해설을 잘해 영영 해설로 빠질까봐 걱정이란다.

나는 안경현 선수를 한번 만나보고 싶었는데 마침 어느 날, 두산그룹의 박용곤 명예회장께서 식사나 하자고 하셨다. 내가 두산을 열렬히 응원해줘서 고맙다는 표시를 하고 싶다면서. 박 명예회장은 두산 경기는 하나도 빠지지 않고 다 챙겨보는 분이다. KBO 임원이라도 그렇게 열심히 야구장에 나타나지는 않을 것이다. 명예회장은 나보고 누구와 식사를 같이 하고 싶으냐고 물었다. 나는 주저하지 않고 안경현 선수라고 했다. 그 자리에는 김경문 감독도 나왔다. 이러저런 야구 이야기를 하다가 나는 명예회장님보고 안경현 선수가 저평가되었다고 말하고 연봉을 많이 올려달라고까지 했다. 동시에 두산이 타 구단에 비해 연봉이 적다, 더 투자를 늘려야 하지 않느냐고 솔직히 말했다. 그랬더니 명예회장님은 두산이 2군에 얼마나 많이 투자하는지 아느냐고 되물으셨다. 아무런 이야기나 툭 터놓고 나눈 참으로 화기애애한 분위기였다.

어느 날 이 이야기를 한 야구인에게 했다. 그는 깜짝 놀랐다. 프로야구에서는 감독이 선수와 식사를 같이 하는 일이 흔치 않다고 말이다. 그 세계를 모르는 내가 내 욕심 차리자고 안경현 선수를 초대하여 안 선수가 김 감독에게 미움을 받지나 않았나 걱정되었다. 거기다 연봉 얘기까지 했으니…… 식사 도중 안 선수가 말 한마디 하지 않고 조용히 듣고만 있길래 왜 저렇게 과묵한가 의아했는데 그 이유를 조금은 알 것 같았다. 안 선수를 불편하게 만든 게 아닌가 하고 나의 사려 깊지 못함을 오늘도 반성한다. 대부분의 운동선수가 그렇다지만 안 선수, 아니 안 해설위원은 평소에는 과묵하다. 그러나 안 선수도 손시헌, 이종욱, 김현수, 김재호, 임태훈 등 후배들과 어울리면 농담도 잘한다. 한마디로 유머러스하다.

서울대학교 교수일 때 공교롭게도 조교들이 모두 두산의 라이벌 팀인 LG의 팬이었다. 그래서 두산이 LG에게 진 다음날이면 괜히 나를 찾아와 죄송하다며 놀리곤 했다. 처음에는 죄송하다는 말뜻을 잘 알아듣지 못하다가 농담임을 알고 같이 웃었다. 야구가 허물어준 벽이다.

170

두산이 OB이던 시절에 나는 OB 다음으로는 해태를 응원했다. 그
것은 광주에 대해 내가 가지고 있는 남다른 감정 때문이다. 5·18 민
주화항쟁이 있던 날 나는 서울대 기숙사 사감이었다. 그런데 그날
기숙사에 1000명 가까운 군인이 들어와 사감들에게 모욕을 주고
학생들을 마구 때리는 등 몹쓸 짓을 했다. 그 과정에서 나는 내 힘
으로 어떤 것도 할 수 없다는 무기력감에 치를 떨었다. 그 후로
1980년대 내내 광주 사람들은 얼마나 힘들었을까를 생각하며 표현
할 수 없는 부채감 속에서 광주와 해태에 대한 애정을 갖게 되었다.

WBC와 베이징올림픽,
쿠바 교류 에피소드

야구를 좋아하는 나에게 2008년 베이징올림픽만큼 행복한 올림픽은 없었다. 올림픽에서 야구가 사라지는 기념비적 해에 금메달을 목에 건 한국팀에 갈채를 보냈다.

한 얼굴이 떠올랐다. 2007년 7월 7일, 서울 잠실야구장에서 만난 호시노 센이치星野仙― 일본 대표팀 감독은 위풍당당했다. 6척 거구, 호남형 얼굴. 주니치 드래건스와 한신 타이거즈에서 센트럴리그 우승을 여러 번 일궈낸 그는 영화 속 감독 역에 어울릴 만큼 실력과 함께 용모도 명감독다웠다. 스타 기질도 풍부해, 스카우트 10여 명과 스포츠 기자 30여 명을 대동한 그는 카리스마로 주변을 압도했다.

나는 그날 호시노 감독에게서 야구에 관해 한 수 배웠다. 그는 한 투수가 노아웃에서 어려운 볼카운트를 맞자 볼넷을 내주는 것을 보고는 이렇게 말했다.

"무사 상황에서 볼넷을 내주는 투수는 투수로서 낙제점이다. 거기서 볼넷을 내주면 다음 타자가 번트를 대고 그 뒤 안타를 맞아 득점을 한다는 게 통계적으로 이미 증명돼 있다. 거기선 볼카운트가 불리하면 차라리 안타를 맞더라도 스트라이크를 던지는 것이 낫다."

호시노 감독의 방한 목적은 베이징올림픽에 대비해 한국 야구의 전력을 탐색하는 것이었다. 잠실구장에서 LG와 한화의 경기를 함께 관람한 후 호시노 감독에게 물었다. 베이징올림픽에서 한국과 일본 중 어느 쪽이 우세할 것이냐고. 그는 당당하고 명쾌하게 답했다. 제1회 WBC에서 보았듯 양국의 대표팀이 맞붙으면 어느 팀이 이길지 모르지만 2진, 3진끼리 대결하면 단연 일본이 한국을 압도할 것이라고.

베이징 올림픽, 금메달 획득

그로부터 1년이 지나 2008년 8월 8일에 시작된 베이징올림픽. 호시노 감독의 '불길한' 예측이 맞았다. 2진, 3진이 아닌 대표팀 경기에서 우리가 일본에 승리했다. 야구가 거의 종교에 가까운 일본인들에게는 어마어마한 충격이었을 거다. 한국은 사상 최고의 대표팀이라던 일본을 '일본 킬러' 김광현을 앞세워 두 차례나 꺾고 9전 전승의 믿기지 않는 성적으로 금메달을 따냈다. 일본이 노메달의 치욕을 당한 것과 극명히 비교되면서 일본에게 한국 대표팀은 운이 아닌 실력으로 무장한 팀으로 각인되었다.

호시노 감독의 친구로 함께 내한했던 토요타의 후루타 키미노리 회장은 한국 대표팀이 금메달을 딴 다음날 내게 편지를 썼다. 그는 일본이 실력 발휘를 못했다며 패배를 애석해했지만 한국 승리의 주역인 젊은 두 좌완투수와 김경문 감독을 격찬했다. 특히 선수들에 대한 신뢰를 바탕으로 한 팀 장악력은 물론, 정확하고 과감한 전술력을 갖춘 김 감독의 당당한 모습은 비록 적장이지만 탄복할 만하다고 부러움을 감추지 않았다.

사실 한국 야구는 역사나 인프라에서 일본의 상대가 되지 못한다. 프로야구만 해도 일본은 역사가 70년이 넘지만 한국은 30년밖에 되지 않는다. 이 때문에 일본은 다른 스포츠는 몰라도 야구에서만큼은 한국이 상대가 되지 않는다는 생각을 해왔다. 2006년 첫 WBC 대회 때 일본의 스타선수인 스즈키 이치로鈴木一朗가 "앞으로 30년 간은 한국이 일본을 넘볼 수 없도록 하겠다"라는 발언을 한 것도 이같은 인식을 대변한다.

그러나 상황은 변했다. 제1회 WBC대회부터 한국 야구는 일본 야구의 자존심에 상처를 입혔다. 한국은 예선과 본선에서 일본을 두 차례나 격파했다. 비록 괴상한 대진 방식 덕택에 일본은 3패를 하고도 우승했지만 한국 야구의 '실력과 저력'에 적잖이 놀랐다. 이는 제2회 WBC대회 개막을 앞두고 달라진 일본 언론의 모습으로도 느낄 수 있었다. 일본 언론은 첫 WBC대회 때만 해도 한 수 아래 도전자로만 여겼던 한국을 이번에는 동급의 경쟁자로 대우하면서 호들갑이라는 표현이 맞을 정도로 많은 시간을 한국 야구를 소개하는 데 할애했다.

그들은 14대2의 콜드게임 승리를 거둔 직후에도 "오늘 경기로 한국에 대한 열등감이 없어졌다고 생각하지 않는다"라며 '겸양지덕'을 보였고 첫 패배 직후에는 "양팀이 끝까지 살아남아서 아시아 야구를 세계에 알리는 대표팀으로서 싸워나갔으면 좋겠다"라고 한국 야구를 높이 평가하기도 했다. 예의상 한 말이라고만 단순히 볼 수 없는 것은 제2회 WBC대회에서 한국이 일본과 더불어 세계 정상급임을 입증하며 완전히 라이벌로 자리매김했기 때문이다. "앞으로 한국과 여러 번 대결할 것 같다"는 하라 타츠노리原辰德 감독의 말을 굳이 인용하지 않더라도 이제 국가대표팀은 물론 프로야구에서 유소년 야구에 이르기까지 양국이 더 많은 교류를 통해 서로의 실력을 겨루게 될 것으로 보인다.

그간 세상에 몇 차례 보도되기는 했으나 널리 알려지지 않은, ㈜마케팅컴퍼니 나비(2008년 당시 ㈜쿠즌CUZN)의 유선욱 대표이사 이야기를 소개하려 한다. 2008년 베이징 올림픽 직전 우리가 쿠바에 친선경기를 제안해 한국과 쿠바가 야구로 교류한 사례로, 스포츠가 외교적으로 할 수 있는 역할을 되새길 수 있으리라 생각한다.

유선욱 대표이사의 쿠바 야구대표팀 선수단 초빙은 궁극적으로 베이징올림픽 우승에도 커다란 영향을 미쳤다. 쿠바 선수단이 한 달 가까이 한국에 머물고 우리 팀과 직접 맞붙으면서 우리가 강팀 쿠바의 전력을 철저히 분석할 기회가 있었다. 이것이 결국 결승전 승리로도 연결되었음은 부정할 수 없는 사실이다.

베이징올림픽 야구대표팀 우승의 숨은 공신 유선욱 대표이사와 직접 나눈 대화를 정리해 실어본다.

정운찬(이하 **정**)_____ 우선 쿠바라는 나라에서 야구가 갖는 위상에 대한 설명이 필요할 듯하다.

유선욱(이하 **유**)_____ 쿠바 인구 1200만 명 중 등록된 야구선수만 12만 명에 달한다. 여성과 어린이를 제외하면 약 50명 중 1명이 야구선수일 정도로 야구는 전 국민이 사랑하는 스포츠다. 총 16개의 지역 클럽팀이 있으며, 동부와 서부 각 8개 팀이 2개의 리그를 이룬다. 양대 리그는 다시 4개 팀씩 2개의 그룹으로 나뉘는데 각 그룹의 우승팀 간에 플레이오프를 거쳐 각 리그의 우승팀이 7차전의 내셔널 챔피언십 시리즈를 치른다. 시즌은 국제대회에 따라 일정이 변경되기도 하지만, 대개는 매년 10월 25일을 전후해 시작하여 이듬해 4월 25일 전후까지 계속된다. 우기에 해당하는 여름에는 2군리그가 진행되며, 시즌을 마친 1군은 몇 개의 국가대표팀으로 결성되어

각종 국제대회에 참가한다.

정___ 나라 크기에 비하면 대단한 열기가 아닐 수 없다. 정치적인 지원이 있으리라 짐작되는데.

유___ 그렇다. 특히 야구 사랑으로 유명한 피델 카스트로 전 국가 평의회 의장은 2008년 쿠바 대표팀이 한국에서 평가전을 치르는 중에도, 쿠바야구연맹 부총재이자 정형외과의사로 대표팀의 팀닥터로 방한하였던 그의 아들 안토니오 카스트로에게 휴대전화를 걸어 경기 시간 내내 직접 코치를 하고, 올림픽 이후에는 한국에서의 전지 훈련과 평가전, 올림픽 야구에 대해 쿠바 공산당 기관지인 〈그란마〉에 칼럼을 쓸 정도이다. 또한 쿠바의 국영방송국을 통해 생중계되었던 한쿠바평가전은 시차상 현지 시간 새벽 4,5시에 시작되는 경기였음에도 시청률이 60퍼센트를 넘었다는 후문이다.

정___ WBC나 올림픽에 관한 열기도 상당했을 것 같다.

유___ 평가전과 올림픽이 있었던 2008년, 경기 후 수개월이 지난 겨울에 쿠바를 방문했는데도 쿠바의 센트럴파크에서는 사람들이 모여 여전히 한국과 쿠바의 베이징올림픽 결승, 9회말 2아웃 상황에서 구리엘 선수의 병살타에 대한 아쉬움을 이야기하는 것을 들을 수 있었다.

정___ 몇 번 쿠바를 방문한 것으로 아는데, 쿠바인들은 한국에 대해 잘 알고 있는가.

유___ 처음 쿠바를 방문한 것이 2006년 여름이었는데, 그때만 해도 쿠바인들은 한국에 대해 잘 몰랐던 것 같다. 어디에서 왔느냐물어서 꼬레아Corea에서 왔다고 하면 남한인지 북한인지를 묻고, 동양인을 보면 대부분 치나China 다음에 나오는 이야기가 하퐁Japon이었는데, 2008년 이후에는 많이 달라진 느낌이다. 열에 한 서너 명은 꼬레아에서 왔냐고 물어오기도 하고, 그렇다고 하면 야구이야기를 하면서 엄지손가락을 추켜올린다.

정___ 야구를 통해 한국이 쿠바에 알려졌다니 좋은 일이다. 개인적으로 쿠바에 관해 어떤 느낌을 갖고 있나.

유___ 2005년 우연한 기회에 쿠바라는 나라에 관심을 갖게 되었다. 기획자로서 지구 반대편의 나라이자 북한과 우방이며 아직까지미未수교국 중 하나인 쿠바와 어떠한 교류를 할 것인가를 고민하다가 쿠바의 다양하고 우수한 문화 콘텐츠를 눈여겨보게 되었다. 문화는 많이 다르지만 어딘가 닮은 듯했다. 스페인 식민지 시절 끌려온 아프리카 노예들의 리듬이 가미된 아프로쿠반 음악을 들었을 때는 무언지 모를 한의 정서가 느껴지는 듯했고, 정으로 표현되는 우리들의 정서와 그들의 정서가 많이 닮은 듯 다가왔다. 그리고 강렬한 라틴 음악이나 살사, 룸바, 차차차 등의 춤만큼이나 스포츠에 열광하는 뜨거운 열정의 나라 쿠바가 궁금해졌다.

정___ 그래서 우리나라와의 야구 친선경기를 생각한 건가.

유___ 맞다. 야구나 배구, 복싱 등에서 세계적인 명성을 가진 팀들과의 교류를 기획하고자 했고, 그 첫 시도가 야구였다. 아마추어 최강이라 불리는 빨간 유니폼의 그들을 한국 야구팬들에게 소개하고 싶었다. 그러기까지는 참 긴 시간이 걸렸다. 꼬박 3년 동안 끊임없이 노력한 끝에 드디어 2008년 베이징올림픽 전에 쿠바 야구대표팀의 한국 전지훈련과 한-쿠바 국가대표 평가전을 성사시킬 수 있었다.

정____ 쉽지 않은 과정이었으리라 짐작한다.

유____ 처음 기획을 시작한 것은 2005년이었고, 쿠바에 첫 제안을 한 것은 2006년 제1회 WBC 결승전 직전이었다. 당시 우리나라는 6승 전승이라는 전례 없는 기록으로 4강 진출에 성공했지만 더블 엘리미네이션 규칙으로 결승 진출의 꿈이 좌절되었고 쿠바는 3패를 하고도 극적으로 결승에 진출한 일본과의 경기를 앞두고 있었다. 당시 희한한 대진표와 경기운영, 불미스러운 심판판정에 말도 많고 탈도 많았는데 진정한 결승을 한국에서 해보자는 의미의 친선경기를 제안 하였으나, 카스트로 전 국가평의회 의장의 와병과 몇 가지 다른 이유로 무산되었다.

비록 성사시키지는 못했지만 그때부터 도하아시안게임 직전에 친선경기를 제안하는 등 쿠바 야구연맹과 꾸준히 서신을 주고받던 중 2008년 봄, 한국과 쿠바 양국 모두 올림픽 본선이 확정된 3월 13일, 곧바로 그간 친분을 쌓아왔던 쿠바 야구연맹에 전화를 걸어 쿠바 야구대표팀의 한국 전지훈련과 국가대표 평가전을 제안하였고 채 한 달이 되지 않아 양해각서 체결에 성공하였으나, 문제는 그 다음부터였다.

정___ 어떤 문제인가.

유___ 그 당시만 해도 한국 야구는 세계 무대에서 2000년 시드니 올림픽 동메달, 2006년 WBC 4강 진출 정도의 성적에 머물러 있었다. 그러니 세계 아마추어 최강이라 불리는 쿠바 대표팀과의 평가전은 우리 대표팀에게도 아주 중요한 경기가 될 것이고, 한국 야구팬들에게도 분명히 큰 즐거움을 주리라 생각했다. 더욱이 미수교국인 쿠바의 대표팀을 한국에 초청한다는 것은 나와 같은 기획자에게는 개인적으로 상당히 흥분되는 일이었으며, 국가적으로도 의미 깊은 일이 되리라 확신했다. 그러나 임원과 스태프 16명, 선수단 29명을 포함한 쿠바 야구대표단 45명이 방한하여 23박 24일 동안 총 14경기(평가전 2경기, 친선경기 12경기)와 이런저런 교류 프로그램을 진행하자니 예산 확보가 쉽지 않았다.

정___ 전에 없던 일인 만큼 재정적 어려움이 컸으리라 생각한다. 언론에도 다 밝히지 못했을 텐데, 이 자리에서 자세히 말해달라.

유___ 이와 같은 프로젝트의 경우에는 중계권료와 협찬, 입장 수익, 이 세 가지로 행사 금액을 충당할 수밖에 없다. 수익을 위해 시작한 것이 아니었고 미수교국과의 순수한 스포츠 교류 차원에서 시작한 기획이므로 관계 부처의 도움이 절실했는데, 문화체육관광부나 체육 관련 기관의 지원도 여의치 않았고 KBO의 협조도 기대하기 어려웠다. 야구 역사상 처음 있는 국가대표 평가전이었기에 야구장 대관도 전례가 없는 등 많은 어려움에 부딪혔다. 그중에서도 올림픽에 대비한 국가대표 평가전이었음에도 우리나라 선수들의 경기료 협의가 가장 힘들었다. 그 문제로 KBO와의 평가전 계약 자체가 쿠바 대표팀의 입국 직전까지 늦어지고, 그다음 단계인 중계권 협상과 협찬사 유치 등이 모두 늦어져 행사 자체가 무산될 위기에 처하기도 했다. 하지만 이미 쿠바 야구연맹의 답사단을 초청하여 계약체결이 완료된 시점이었으므로 국가적인 신용과도 직결되는 문제인지라 되돌릴 수는 없는 노릇이었다. 주변의 모든 사람들이 만류하였지만, 만약 쿠바 대표팀이 방한하였음에도 우리나라 국가대표 선수들의 경기료를 비롯한 국내의 문제로 평가전이 성사되지 않는다면 사재를 털어서라도 그들의 전지훈련만은 지원할 각오로 나의 모든 재산을 걸어 보증을 서고 정말 어렵게 치러냈다.

정___ 행정적인 어려움은 없었나.

유___ 미수교국임에도 외교통상부와 법무부, 국정원 등의 행정적인 협조로 비자나 입국 문제는 의외로 수월하게 진행되었다. 피델 카스트로 전 국가평의회 의장의 아들인 안토니오 카스트로가 쿠바 야구연맹 부총재 겸 팀닥터 자격으로 방한하고 나서는 정부 기관과 기업들의 미팅 요청이 쇄도하였으나 실질적인 지원을 받지는 못하였다.

정___ 그 많은 난관을 뚫고 해냈다니 대단하다.

유___ 2008년 7월 15일, 45명의 쿠바 야구대표팀이 인천공항에 입국해 내 눈앞에 나타났을 때의 감동은 잊을 수 없다. "왔다"라는 한마디 단어가 나도 모르게 나오면서 정말 눈물이 나고 손발이 쭈

뻣할 정도로 짜릿한 순간이었다. 지난 3년간의 온갖 일들이 주마등처럼 머릿속을 스쳐 지나갔다. 머릿속으로만 상상하고 기획하고 수없이 모래성을 쌓았다 부쉈다를 반복했던 일들이 현실로 다가올 때의 감동 때문에 이 일을 하는 것 같다. 내가 이 프로젝트를 만들지 않았다면, 한국과 쿠바의 수많은 야구팬들이 그 경기를 직접 보는 즐거움을 누리지 못했을 것이고, 주변의 몇몇 분들이 이야기하듯 어쩌면 베이징올림픽의 결과가 달라졌을지도 모른다는 생각을 하면 쑥스럽지만 더없는 자부심을 느낀다.

정___ 듣고 나니 정말 유 대표가 많은 노력을 했다는 게 느껴진다. 그렇게 인내와 의지로 친선경기를 만들어냈는데, 이후에도 관계를 유지하고 있나.

유___ 쿠바 야구대표팀의 한국 전지훈련 당시 진심으로 세심한 배려를 아끼지 않고 지원을 하였더니, 베이징올림픽에서 그들이 우리에게 패배했지만 우리에 대해, 한국에 대해 더없는 고마움을 갖고 있는 듯하였다. 평가전 이후에도 우리 회사 차원에서 비영리법인인 (사)한쿠바문화교류협회와 함께 쿠바 야구대표팀에 야구용품을 지원하기도 했고, 쿠바 야구연맹과는 벌써 수년간 인연을 쌓아온 터라 이젠 핫라인으로 꽤 긴밀한 협의도 하고 있다. 쿠바의 체육위원회(한국으로 치면 문화체육관광부에 해당하지만 위상이 훨씬 높다)와의 미팅에서 야구 지도자나 선수 교류와 용병 제안을 했지만, 쿠바에서는 아직 쿠바 국적으로 외국 스포츠단에서 활동하기는 어렵다. 수년 전 일본 그리고 최근에 한국에서 활동하는 두 명의 배구선수의 경우와는 조금 다르다. 체육위원회의 한 고위 관료가 말하기를, 선수의 교류나 용병은 쿠바 체제상 선수의 상품화라고 생각하기 때문에 현재는 불가하나, 세상이 바뀌고 있으므로 시간은 걸리겠지만 자기들이 외국으로 선수를 보내게 된다면 먼저 한국에 보낼 것이라고도 하였다. 국내의 몇몇 구단으로부터 쿠바 야구단과의 교류와 용병에 대해 문의를 받기도 하는데, 먼저 쿠바라는 나라에 대한 이해가 중요하며 전문가를 통한 다각화된 전략으로 차분히 진행한다면 충분히 가능하다고 본다. 한국 프로야구 무대에서 쿠바 국적 선수들의 활약을 볼 날도 머지않은 것 같다.

정____ 이렇게 대단한 성과를 올렸는데 유 대표나 ㈜쿠즌의 공로를 알아주는 사람은 많지 않은 것 같다.

유____ 괜찮다. 처음 2006년에 쿠바에서 체육위원회 부위원장과 쿠바 야구연맹 총재를 찾아가 한국에서의 친선경기를 제안했을 때에도 그들은 도대체 잘 알지도 못하는 동양의 어떤 낯선 나라 여자가 와서 무슨 소릴 하느냐는 듯 두 눈을 동그랗게 뜨고 날 쳐다봤다. 한국에서도 마찬가지였다. 어떻게 미수교국인 쿠바의 야구대표팀이 한국에 올 수 있느냐, 진짜 오는 게 맞느냐 등 그들이 한국에 발을 들여놓는 순간까지 믿지 않는 사람들이 대부분이었다.

어쨌든 그렇게 어렵게 일을 치러내고 나니 주변에서 평가전 첫 경기는 6대2로 쿠바의 승리였지만, 두번째 경기는 15대3으로 한국이 대승을 거둬 그 자신감으로 베이징올림픽에서 전승의 기록을 세우며 금메달의 쾌거를 이루어냈다는 평가를 받기도 했다. 또 그 열기

183

로 현재 한국 프로야구가 관중 700만을 불러들이는 최고의 전성기를 구가하고 있다는 이야기를 듣기도 한다.

하지만 대부분의 언론은 마치 KBO가 갖은 노력을 다해 쿠바 대표팀을 섭외하고 전지 훈련을 유치하였으며 한국 대표팀의 평가와 쿠바 대표팀의 전력분석을 위해 평가전을 만들어 한국이 금메달을 땄다는 분위기를 조성했다. 정작 이 프로젝트의 프로모터로서 수년간 고생해온 (사)한쿠바문화교류협회나 ㈜쿠즌(현, ㈜마케팅컴퍼니 나비)은 쿠바 대표팀의 국내 에이전트나 평가전 대행사쯤으로 전락해 있는 점이 아쉽긴 하다.

정____ 이 프로젝트를 돌아보면서 하고 싶은 이야기가 생겼을 텐데.

유____ 여러 정황상 멀고 힘든 길인 것은 알지만, (사)한쿠바문화교류협회는 지금도 쿠바, 나아가 중남미와의 스포츠 교류, 스포츠 외교 프로젝트를 지속적으로 개발중이다. 야구에서의 지도자나 선수 교류 외에도 다른 스포츠 교류와 문화 교류도 기획중이다. 과거 미국과 중국의 핑퐁 외교가 있었던 것처럼, 정치나 체제, 사회적인 문제를 모두 뛰어넘어 진정한 문화 외교를 추구할 때라고 생각한다.

관계 부처와 기관에서 뜻깊은 프로젝트를 발굴하고, 외교적 측면에서 보다 원시안적으로 적극적인 지원과 협조를 아끼지 않는다면, 내가 느꼈던 감동보다 더 진한 즐거움을 더 많은 사람들이 공유할 수 있을 것이다. 특히 미수교국인 쿠바와 모처럼 야구로 이어진 우호적인 관계를 지속해나아간다면 양국이 정식 수교로 한발 다가설 수 있지 않을까 생각하며 즐거운 고민을 계속하려 한다.

정＿＿ 좋은 이야기 감사하다. 이 이야기가 많은 사람들에게 알려졌으면 좋겠다.

한국 야구의
숙제

제1회와 제2회 WBC대회와 베이징올림픽은 한국 야구 중흥의 계기가 되었다. 그러나 제3회 WBC대회는 우리의 기대에 못 미쳤다. 중흥의 기운이 사그라지기 전에 몇 가지 제안을 하고 싶다.

올림픽에서는 분명히 우리가 승리했지만 전체적으로 보면 한국 야구가 일본 야구에 못 미치는 점들이 많다. 무엇보다 프로야구의 뿌리가 되는 고교야구팀 수가 일본은 4500개가 넘지만 한국은 60개도 채 되지 않는다. 전국 각지의 유소년 야구팀들의 활동도 일본에 비해 훨씬 처진다. 한국 야구의 저변이 넓지 못하다는 증거다. 메이저리그와 한국 프로야구를 비교하면 더욱 차이가 난다. 미국 야구는 저변이 정말 대단하다. 미국 사람들은 어려서부터 야구를 하면서 자연스럽게 야구가 생활의 일부가 되었다. 그중 일부는 야구선수가 되고, 대다수는 팬이 된다.

두산 베어스 투수였던 맷 랜들Matt Randle 아버지를 관람석에서 우연히 만난 적이 있다. 그때 "한국 야구에 대해서 어떻게 생각하느냐"고 물었더니 올림픽과 WBC를 통해 한국 야구 수준이 높다는 것을 알았다면서 이렇게 덧붙였다. "You have fine players. But we have much more fine players." 선수층이 두껍다는 이야기다.

그 이유는 무엇인가. 일본에서는 야구부가 야구만 하는 게 아니라 공부도 한다. 야구도 열심히 하지만 학교 수업에도 충실해서 학부형들은 자식들이 야구선수로 활동해도 장래 걱정을 하지 않는다. 미국에서는 아무리 야구 천재라도 어느 정도 학점을 받지 못하면 대학에 가지 못한다. 대학에서도 C학점 이상을 받지 못하면 경기에 나가지 못한다. 기본적인 소양을 갖춘 선수로 키워내는 것이다. 선수로 뛰다가 의사도 되고 변호사도 된다. 야구를 하면 수업은 듣지 않아도 된다는 식의 생각에 익숙한 우리에겐 굉장히 신기한 일이다.

한국은 어떤가. 내 자식이 야구 실력이 특출하면 이승엽 선수를 꿈꿔보지만, 다른 공부를 안 하니 잘못하다가는 프로 진출도 못하고 대학 진학에도 실패할까 두려워 야구를 시키지 않으려 한다. 우리도 야구와 공부를 병행해야 한다. 야구선수로 사는 세월보다 야구 없이 살아가는 세월이 훨씬 더 길기 때문이다. 그리고 전국 4강, 국제대회 메달만 노릴 게 아니라 기초부터 탄탄히 훈련하는 풍토를 만들어야 한다. 일본, 미국 선수들의 선수 수명이 긴 것은 탄탄한 기초 덕분이다.

넥센의 마무리 투수, 손승락

2012년 말 무척 반가운 소식 한 가지가 들려왔다. 드디어 야구와 공부를 병행한 '고교 야구선수 최초 서울대 합격생'이 나온 것이다. 서울 덕수고 외야수로서 2012년도 주말리그 우승 주역이자 세계청소년야구선수권대회 국가대표 상비군에도 뽑힌 이정호가 바로 그 주인공이다. 2013년 서울대 체육교육과 수시전형에 합격한 그의 손에는 낮에는 외야수 글러브와 배트가 들려 있었지만, 밤에는 예습과 복습을 위한 책이 들려 있었다. 그 결과 2012년 고교야구대회에서 23경기에 출장해 3할이 넘는 타율을 올렸을 뿐만 아니라 전교 석차 9등이라는 놀라운 성적을 받아냈다. 그는 이제 또다른 '최초'를 꿈꾼다. '서울대 출신 첫 프로야구 선수'가 되겠노라고.

넥센 히어로즈의 마무리투수 손승락은 영남대학 시절 강의에 빠지지 않고 공부와 야구를 병행했던 선수로 잘 알려져 있다. 손승락은 대구고 졸업 후 곧바로 프로에 가지 않은 걸 후회하지 않는다. 그는 "만약 대학에서 공부와 야구를 병행하지 못했다면 나는 그저 '야구 기능인'으로만 성장했을 것"이라고 털어놓았다. 실제로 손승락뿐만 아니라 전준호(NC 다이노스) 코치도 배출한 영남대 야구부는 오래전부터, 특히 2000년 이후에 공부와 야구를 병행하도록 환경을 조성했다. 그래야 운동부 동료 말고도 다른 친구들과 폭넓게 교제하면서 건강한 사회인으로 성장할 수 있다고 확신했기 때문이다.

한편 야구장은 재미있고 품격 있으면서 동시에 수익도 올리는 장소가 돼야 한다. 왜 우리의 야구장에선 미국이나 일본의 구장에서 볼 수 있는 좋은 음식점이나 휴게실을 볼 수 없는가. 미국 메이저리그 명문 뉴욕 양키스의 스카이박스에서는 고급 와인과 함께 우아한 호텔 뷔페를 즐기며 야구경기를 관전하다가 멋진 플레이가 나오면 라운지 안으로 들어와 HDTV를 통해 그 장면을 다시 볼 수도 있다. 국내에서는 SK 와이번스의 문학구장을 시작으로 롯데 자이언츠, 한화 이글스가 스카이박스를 도입해 운영하고 있지만, 수요에 비해 규모는 턱 없이 작은 상황이다.

구장의 운영 개선부터

〈스포츠춘추〉 박동희 기자에 따르면, 2005년 일본 프로야구 퍼시픽리그에 신생 구단으로 데뷔한 라쿠텐 골든이글스는 창단 이후 최근까지 해마다 구장 증·개축 비용을 부담하지 않았다면 연속 흑자를 이어갔을 만큼 높은 수익을 올려왔다. 13년 역시 흑자가 전망되는 라쿠텐의 첫번째 성공 비결은 좌석별·요일별·경기별 티켓 차등 판매, 상품 판매, 매점 운영 등의 차별화된 구장 운영 시스템이었다.

특히 상품 판매와 매점 운영에 대해 라쿠텐의 이케다 부사장은 다음과 같이 말했다고 한다.

"라쿠텐은 처음부터 '야구장은 백화점'이란 의식 아래 관중이 어떻게 하면 3시간이 넘는 시간 동안 이것저것을 소비할 수 있을지 연구했다. 그래서 구장 어디서 어떤 음식을 갖추면 잘 팔리고, 어디서

189

어떤 상품을 팔아야 매상이 오르는지 자세히 조사했다. 마치 백화점에서 몇 층에 신사복을 팔고, 어디에 화장품 판매대를 배치해야 수익이 증대되는가를 연구하는 것과 같은 이치였다."

물론 일본에도 실제로 구장 운영에 직접 관여하는 구단은 많지 않다. 일본의 요미우리는 '자이언츠'라는 프로팀을 운영하면서 티켓 판매와 방송중계권 계약 등 비즈니스에 참여한다. 그러나 홈구장인 도쿄돔의 운영에는 일체 관여하지 못한다. '도쿄돔 주식회사'라는 별도의 회사가 구장을 운영하기 때문이다.

한국은 더욱 그렇다. 삼성 라이온즈는 홈구장인 대구구장 운영에는 관여하지 못한다. 구장이 대구시 소유이기 때문이다. 다른 구단도 마찬가지다. 지자체는 프로구단들에 장기임대 방식으로 구장을 내주고, 구단은 구장 운영으로 수익을 창출해야 한다. 그러자면 규제를 대폭 풀되 프로구단들도 "모#그룹 선전을 위해 한 해 100~200억 손해 보면 어떠냐"라고만 할 것이 아니라 돈 벌 궁리를 해야 한다.

또한 한국 야구장은 시설이 너무 열악하다. 어떤 구장에선 신나게 야구 관람을 하다 화장실에 들어선 순간, 찌든 악취 때문에 야구장을 떠나고 싶다. 돔구장을 만들 생각을 하기 전에 기존 구장부터 안전하고 쾌적하게 고치는 게 우선이다. 2008년 새로 짓기 전의 뉴욕 양키스 홈구장을 찾았을 때 그곳의 화장실에서도 냄새가 났다는 점이 위안이라면 위안이겠지만. 그러나 플로리다에서 마이너 리그구장을 여럿 본 적이 있는데, 미국은 마이너리그 경기가 열리는 구장조차 시설이 좋고 경관이 뛰어난 곳이 많았다.

나는 2009년 올스타전이 열린 광주구장을 찾았다. 그런데 한국 시리즈를 10번이나 우승한 팀의 홈구장이라고는 믿기 어려울 정도로 시설이 너무 열악했다. 그래서 광주에 새로운 야구장이 필요하다는 생각을 하게 되었다. 그런데 국무총리가 된 후 광주구장에 기여할 기회가 생겼다. 광주 시장인 강운태 씨가 야구장 건설 건으로 나를 찾아왔다. 참 얄궂은 인연이었다. 국무총리 청문회 때 나를 하도 몰아붙여서 서운한 감정이 없지 않았는데 시장이 되자 나를 찾아와 광주구장 건설을 위한 지원을 요구하는 입장이 되었으니 말이다. 그러나 청문회는 청문회고 야구장은 야구장이 아닌가. 나는 조금의 주저함도 없이 전폭적인 지원을 약속했다. 그 후 실제로 광주구장 건설이 시작된 점은 다행이다.

라쿠텐의 홈구장인 '클리넥스스타디움'은 전형적인 야외구장으로 돔구장처럼 웅장하지도 않고, 그저 야구를 하기에 적당한 평범한 구장이다. 하지만 라쿠텐은 해마다 설문조사를 통해 고객의 목소리를 적극 반영하는 것으로 유명하다. 예를 들어 2008년에는 설문조사에서 몇몇 남성 관중으로부터 "남자화장실에도 기저귀교환대가 있으면 좋겠다"는 요청을 받았다. 라쿠텐은 즉각 구장 내 모든 남자화장실에 기저귀교환대를 설치하고 모든 층에 수유실을 마련했다.

사회인 야구리그를 독립리그로

끝으로 사회인리그를 독립리그로 만들고 지금보다 수준을 높여 활성화시킴으로써 야구 인구를 늘려나가야 한다. 이제 우리도 생활 수준이 높아지고 고령화 사회가 되면서 노년에 즐길 수 있는 여가 문화가 필요하다. 야구가 그 역할을 해줬으면 좋겠다. 국민들이 야구를 좀더 쉽게 즐기고 볼 수 있도록 야구인들이 많은 노력을 해야 할 때다.

나아가 이젠 시야를 넓혀 일본, 중국, 대만, 한국 등을 엮는 동북아리그를 만들 것을 제안한다. 류현진이나 추신수 같은 슈퍼스타가 메이저리그에서 활약하면 국내 리그의 인기는 상대적으로 주춤해진다. 일본도 일본 출신 메이저리그 선수들의 맹활약으로 자국 프로야구 인기가 과거만 못하다. 동북아리그를 만들어 한편으론 국내에서 경쟁하고 다른 한편으론 다른 나라 팀과 경쟁해 프로야구의 재미와 관심도를 증가시킬 때가 왔다. 동북아리그 우승팀과 월드시리즈 우승팀이 맞붙은 글로벌시리즈에서 우승해 환호하는 주인공이 한국팀과 우리 응원단이길 꿈꿔본다.

이제 100여 년을 넘긴 한국 야구가 올림픽에서 종주국인 미국을 넘고 일본을 건너 세계 정상에 우뚝 섰다는 것은 참으로 자랑스러운 일이 아닐 수 없다. 그러나 더 많은 관중과 호흡하고 더 많은 사랑을 받기 위해서는 지금까지 쏟은 열정보다 더 많은 노력이 필요하다.

팬 중심의
야구를 해야 한다

감독은 기본적으로 승리에 집중해야지만, 프로야구는 팬이 있기에 존재하는 것이다. 승리에만 집착하면 재미있는 경기가 나오기 힘들다. 좀더 팬들을 생각하는 야구를 해야 한다. 어떤 감독은 1회부터 번트를 대고, 5점 차로 이겨도 번트를 대고, 7점 차로 이겨도 도루를 시킨다. 나는 그런 야구 스타일을 지지하지 않는다. 물론 그런 감독이 너무 느슨한 감독보다는 좋은 감독일지 모르지만 장기적으로 야구 발전에 도움이 될까 하는 의문이 든다.

나는 야구 분석에서도 세이버매트릭스Sabermetrics로 통칭되는 통계를 활용한 미시적 분석에 너무 많은 가치를 부여하지 않는다. 주자가 1루에 나갔을 때 번트를 대는 것과 강공을 하는 것, 어느 쪽이 더 유리할까? 무수한 통계를 바탕으로 확률을 알아내는 건 가능하겠지만 그것은 말 그대로 확률일 뿐이다. 정교한 통계와 자료들은 야구의 세세한 상황들에 의미를 부여하여 경기를 새로운 관점으로 보는 데 기여하는 부분도 분명히 있다. 그러나 나는 숱한 변수를 고려하여 야구의 큰 흐름을 보는 눈과 감각이 승리를 가져다준다고 믿는다.

한국 프로야구 최초의 외국인 감독으로 2008~10년 롯데 자이언츠의 감독을 지낸 제리 로이스터 감독의 주장은 "팬들에게 보여줄 수 있는 건 다 보여줘라"였다. 자율 야구를 강조한 것이다. 그리고 팬을 의식한 것이다. 미국 야구가 다 좋은 건 아니지만 그런 점은 분명 배워야 한다. 나는 제리 로이스터 감독의 열렬한 지지자이며 그가 다시 한국으로 돌아오길 바란다.

프로야구 관중이 700만을 넘어섰지만 아직 구단의 세심한 서비스는 부족한 편이다. 야구장에 온 관중들을 즐겁게 해줄 서비스가 필요하다. 예를 들면, 타 구장에서 라이벌팀이 어떻게 경기하고 있는지 궁금해하는 야구팬들을 위해 타 구장 소식을 전광판을 통해 계속 보여주면 좋지 않겠는가. 사소해 보이지만 사실 사소한 것이 아니다. 이제는 본격적으로 수요자 중심의 야구를 고려해야 한다.

그리고 각 팀들은 경기를 빨리 진행해야 한다. 타자들이 타석에서 너무 자주 벗어난다. 타격 준비에 지나치게 오랜 시간이 걸리는 선수가 있는가 하면, 투수가 견제를 지나치게 많이 하는 경우도 있다. 또한 감독이 한 경기에 투수를 여덟 번, 아홉 번 교체하는 일은 자제해서 관중들이 빠른 야구를 즐기게 해줘야 한다. 미국 메이저 리그에서는 한 경기당 3시간을 넘기는 일이 별로 없다. 빠른 야구는 팬을 위한 예우이고 배려이기 때문이다. 나는 몇 년 전까지만 해도 아내와 함께 야구장에 자주 갔는데, 이제 아내가 경기가 너무 길다고 야구 보러 안 가겠단다. 야구장에 오신 팬들을 위한 배려는 다른 게 아니다. 야구를 재미있게, 또 빠르게 진행하면 된다.

또 치어리더의 존재에 관해 생각해봐야 하지 않나 싶다. 우리보다 야구를 먼저 시작한 미국과 일본의 프로야구 게임에는 치어리더가 없다. 야구는 생각하면서 봐야 하는 스포츠다. 치어리더가 경기장의 분위기를 띄우는 효과가 있다 하더라도 야구의 본질과 치어리더가 어울리는가에 대해 나는 의문을 가지고 있다. 특히 자녀와 함께 야구장을 찾은 학부모나 나이가 지긋하신 분들은 치어리더의 몸짓을 선정적으로 느끼거나 달갑지 않게 여기는 것을 고려해야 한다.

감독의 색깔도 필요하다. 활달하고 감정적인 사람이 있는가 하면 냉정하고 침착한 사람이 있듯이 감독도 다양한 개성이 있을 수 있다. 그런데 우리 감독들은 그 스타일을 알기 어렵다. 자기 색깔로 팀 분위기를 주도하고 필요할 때는 감정 표현도 하면서 팬들과 소통하는 감독이 많이 등장했으면 좋겠다.

195 또한 선수는 경기에 모든 것을 던져야 한다. 나는 경기가 끝난 후

에도 한두 시간 연습하는 선수가 좋다. LA 다저스에 후안 피에르 Juan Pierre라는 선수가 있었다. 어느 날 그가 경기 전에 벽에다 공을 던지고 있었다. 외야 수비를 위해 공이 어느 방향으로 튀는지 알아보기 위해서였다. 경기를 몇 번 해보지 않은 경기장이었기 때문이다. 바로 그런 성실함으로 경기에서 모든 걸 던지는 선수가 결국 야구팬들에게 큰 감동을 준다.

우리 야구도
동반성장해야 한다

나는 동반성장을 화두로 경제를 공부하고 있다. 최근 동반성장의 문제는 전방위적으로 확산되는 중이다. 동반성장이 어디 대·중소기업만의 문제인가. 빈부 간, 도농 간, 지역 간, 남녀 간, 세대 간, 남북 간, 국가 간의 문제이기도 하다. 야구도 예외가 아니다.

마니아들을 중심으로 해외 야구팬과 국내 야구팬 사이에 갈등이 있다는 얘기도 들려오는데, 사실 갈등하고 반목할 이유가 없다. 경제학으로 노벨상을 받은 아서 루이스의 이론에 따르면, 해외에서 잘 팔릴 물건을 만들어 수출하려면 먼저 내수 시장에서 검증받는 절차를 거치기 마련이다. 내수 시장에서 쓰고 남은 물건이 수출된다는 보다 극단적인 표현도 나온다. 결국 국내 시장에서 테스트를 받은 제품을 수출할 수 있다는 말이다. 해외 야구의 가치를 높이 사는 사람이라도 결국 한국인이 그런 큰 무대에서 좋은 활약을 하기를 원하지 않는가? 그렇다면 국내 야구에 먼저 관심을 기울여야 한다. 국내 야구가 튼튼하지 않다면 박찬호, 추신수, 류현진은 절대 나오지 않는다.

난타전이 자주 벌어지거나 점수가 많이 난다고 국내 야구 수준이 낮다고 생각하는 사람들이 있다. 한국 야구가 아직 미국에 뒤지는 것은 맞다. 그러나 미국도 최근에는 게임당 점수가 아주 많이 난다. 구종과 구속이 한정되어 있는 투수에 비해 지금은 확실히 타자에게 유리한 시대다. 기술이 나날이 발달하고 투구 분석이 정교해지고 있기 때문이다. 이런 전반적인 흐름에 국내 야구가 영향을 받고 있는 게 아닌가 싶다.

야구경기장도 마찬가지다. 예를 들면 서울시가 갑이고 LG나 두산이 을인 여건에서는 팬들을 위한 새로운 시도를 하기가 어렵다. 그 이유 중 첫번째로 규제로 인해 경기장에 설치할 수 있는 시설의 한계가 있고, 두번째로 경기장 사용 계약 기간이 단기이다보니 마음먹고 무언가를 시도하기에 어려움이 있다. 이와 같은 제도를 개선하여 잠실구장을 찾는 팬이 늘어나고 주변 상권이 더욱 활성화된다면 구단만이 아니라 서울시 입장에서도 환영할 만한 일이다. 구단과 서울시가 동반성장하게 되는 것이다.

신인선수 드래프트 과정에서도 동반성장의 논리를 적용해 해법을 찾을 수 있다. 하위 팀은 1순위부터 나머지 순위까지 그 단계에서 가장 실력이 좋은 선수를 뽑을 자격을 가져야 한다. 1순위에서는 가장 좋은 선수를 뽑았지만 다음 단계에서는 선발 순위에서 밀린다든지 해서 전력 평등화가 이루어지지 않고 특정 팀이 계속 득세하는 구조가 만들어진다면 리그의 재미가 떨어지고 결국 팬들이 이탈한다. 리그 전체의 파이를 키우고 팬들의 많은 관심을 받는 방법이 무엇인가가 고민의 전제조건이 되어야 한다.

최근 메이저리그에서 구단이 신인선수에게 줄 수 있는 몸값을 제한하면서 돈으로 신인을 데려오려는 시도를 차단하고 있는 것으로 전해진다. 단순히 상한 금액을 두는 것이 바람직한 판단이라고 생각하지는 않는다. 거액을 주고 신인을 데려왔다면 그 금액의 일부를 순위가 낮고 재정이 어려운 구단에게 배분하는 형태를 취한다면 어떨까? 무조건 상한을 두는 것은 선수 입장에서 바람직한 일이 아니다. 선수도 구단도 리그도 모두 만족할 수 있는 방안을 취하는 것이 최선이다.

구단의 숫자에 관한 논쟁도 동반성장을 생각하게 해준 계기였다. 2013년 1월 17일 오전 KBO 총회를 거쳐 프로야구 제10구단이 수원 KT로 최종 확정되었다. 나는 한국 야구의 장기적 발전을 위해서 그리고 동반성장 차원에서 제10구단이 필요하다고 생각해왔다. 많은 이들의 노력 끝에 지금은 KT까지 합류한 10개 구단이 2015년부터 리그에서 경쟁하게 되었다.

제10구단 문제로 한참 시끄럽던 때, 월간 『오! 베이스볼』의 나진균 대표가 나를 찾아와 제10구단 해법을 물었다. 그와의 인터뷰를 소개한다.

지난 5월 8일 한국 프로야구를 관장하는 KBO 이사회는 최근 논란이 일고 있는 NC 다이노스의 2013년 1군리그 참여는 승인하면서도, 필연적으로 해야 할 제10구단 창단 승인을 유보시켜 한국 야구계를 떠들썩하게 했다. 제10구단의 창단과 코리안리그 참여 등의 문제가 졸속으로 처리되어, 향후 프로야구의 짐이 될 수도 있다는 일부 구단들의 강력한 주장을 KBO가 받아들인 것이다.

이러한 논란 속에 현장의 야구인들이 발벗고 거리로 나서기에 이르렀다. 2012년 5월 6일 한국프로야구선수협회와 은퇴 선수들의 총연합체인 일구회는 잠실구장에서 야구팬들과 일반 국민들을 대상으로 서명운동을 전개하며 제9구단 NC 다이노스의 2013년 1군리그 참여와 제10구단 창단이 한국 프로야구 발전을 위해 반드시 관철되어야 할 사안임을 공동인식하고, 이를 위해 최선의 노력을 다해나갈 것을 천명했다. 서명운동을 주도한 한국프로야구선수협회의 박충식 사무총장은 "제10구단은 반드시 승인해야 할 사안으로 더이상 시간을 끌 이유가 없다. 합당한 사유가 있다면 야구팬들에게 밝혀야 한다"라며 향후 이 문제가 야구계 최대 현안이 될 것임을 강조했다.

프로야구의 확장에 따른 구단 증설에 반대를 분명히 한 롯데, 삼성 등 일부 구단들과 야구 르네상스를 맞이하여 구단 증설을 외치는 지자체와 야구인들의 이해관계가 상충되고 있는 것이다. 이런 논란의 와중에 전 국무총리이자 동반성장위원장직을 맡으며 심화되고 있는 국가 경제의 양극화와 불균형을 시정하고자 매진했던 '동반성장 전도사' 정운찬 전 국무총리(이하 '정')를 나진균 KBI(한국야구연구소) 소장(이하 'ohbb')이 역삼동에 위치한 그의 사무실에서 만나보았다. 소문난 야구광이기도 한 정운찬 전 총리는 현 야구계의 10구단 창단과 관련한 논란에 대해 어떤 혜안을 가지고 있을지 한국 야구계가 귀담아들어야 할 부분이다.

6개 구단이 8개 구단으로 늘어나면서 한국 야구가 크게 성장

ohbb____ 총리님, 오랜만에 뵙습니다. 건강하시죠?

정____ 네, 좋습니다. 나 대표, 『오! 베이스볼』 창간을 다시 한번 축하합니다. 좋은 야구 잡지로 만들어주세요.

ohbb____ 기대에 부응하도록 열심히 하겠습니다. 총리님은 요즘 어떻게 지내십니까?

정____ 여러 가지 일로 바쁘게 지냅니다. 야구장도 가끔 가고요. 어린이날에도 가고 싶었는데, 괜히 아이들 자리 뺏는 것 같아서 집에서 봤어요(웃음).

ohbb____ 잘하신 것 같습니다. 최근 어린이들이 이렇게 야구장에 많이들 오는데, 어른들은 다른 데 더 관심이 많은 것 같습니다. 프로야구계가 신생 구단 NC의 1군 참여(5월 8일 1군 참여가 확정됐다)와 제10구단 창단 승인 보류로 인해 매우 시끄럽습니다. 기존 구단들의 '기득권 지키기에 불과하다'라는 주장과 '프로야구의 장기적인 관점에서 봤을 때 좀더 신중해야 한다'는 주장이 대립하고 있는 것 같습니다. 어떻게 보십니까?

정___ 요즘 프로야구의 인기가 하늘을 찌르는 상황이고, 많은 사람들이 야구를 좋아하니까 아무래도 이런 호기를 맞이해서 새로운 팀을 창단하는 것은 좋은 일인 것 같아요. 팀이 늘어나야 한국 야구도 발전할 수 있지 않겠어요? 결국 공급이 수요를 창출해낼 수 있을 거라고 봐요. 구단이 늘어나면 오히려 저변도 더 넓어질 겁니다. 기존 구단들도 반대를 위한 논리를 찾기보다는 모두가 윈윈할 수 있는 길이 무엇인가를 찾을 때라고 봅니다. 미국 메이저리그가 지난 100년간 어떻게 구단을 확장해가며 발전해왔는지를 잘 참고하면 좋을 것 같습니다.

많은 논란이 있었지만 1982년에 프로야구가 생겨나고 6개 구단이 8개 구단으로 늘어나면서 한국 야구가 크게 성장했지요. WBC나 올림픽에서의 엄청난 성과가 만약 6개 구단 체제로 지금까지 지속되어왔다면 가능할 수 없었을 겁니다. 기존 구단들은 구단이 늘어나는 것을 귀찮게 생각할 수도 있겠지만, 오히려 10구단 체제가 되면 야구 시장이 확대되고 말 그대로 모든 구단들과 야구계 전체가 동반성장이 가능합니다. 안타까운 일이에요! 지금 KBO가 머뭇거릴 때가 아닌 것 같은데요!

지금 프로야구는 공급이 수요를 창출할 수 있는 적기

ohbb____ 전적으로 총리님 말씀에 동의합니다. 팀이 8개로 늘어나면서 진통도 따랐지만 질적, 양적 발전이 이뤄진 데 대한 야구계의 성찰이 부족했다고 느껴집니다. 어쩐지 10구단 창단이 프로야구 전체를 위한 것이라기보다는 어느 특정 지역이나 기업을 위한 것으로 기존 구단들이 오해를 하는 것이 아닌가 하는 생각도 듭니다. 요즘 한창인 프로야구 얘기를 안 할 수 없는데요. 총리님께서는 두산팬으로 잘 알려져 있습니다. 요즘 두산이 선전하고 있는데, 어떻게 보시는지요?

정____ 그런데 나는 요즘 두산이 왜 이렇게 부진해 보이지요. 여러 가지로 위기인 것 같아요. 수비진도 실수가 많고, 왠지 선수들 의욕이 떨어진 느낌이 들어요. 좀 걱정입니다. 불펜투수들도 아직 제 페이스가 아닌 것 같고, 좀더 적극적인 플레이를 했으면 합니다. 우승에 대한 열망을 가지고 최선을 다해줬으면 좋겠어요.

ohbb____ 두산이 LG와 더불어 잠실에서 잘하고 있습니다. 10구단이 LG, 두산처럼 큰 시장을 가지고 있는 부산에 둥지를 틀어야 한다고 주장하는 팬들도 있고, 구단 유치를 희망하는 수원과 전북에 둥지를 틀어야 한다는 의견도 있습니다. 특히 수원은 300억에 달하는 야구장 증축 예산까지 확보해가며 구애를 하고 있는데, 총리님께서는 야구팬의 입장에서 어느 쪽이 10구단의 본거지로 적절하다고 보십니까? 그리고 그 기준으로 어떤 부분이 가장 중시되어야 한다고 생각하시는지요?

정____ 지금 프로야구는 공급이 수요를 창출할 수 있는 적기입니다. 이제는 어느 지역이든 야구경기를 서비스하면 수요를 창출할 수 있는 시장이 만들어질 수 있다고 생각합니다. 현재 야구를 가장 필요로 하는 곳이 어딘지를 파악하는 것이 우선이지요. 어느 곳이 우선이라는 얘기는 좀 민감한 사안이라 언급하기가 좀 그렇네요(웃음).

양극화 해소와 동반성장은 우리 사회에 반드시 필요한 가치

ohbb____ 동반성장위원회에서 대기업과 중소기업 간의 동반성장과 사회 양극화 해소를 위해 노력하셨는데, 여러 가지 어려움이 많았던 걸로 알고 있습니다. 앞으로 사회 균형 발전을 위해 지속적으로 역할을 해야 한다는 국민들의 목소리가 있습니다. 향후 활동 방향에 대해서 얘기해주시면 좋겠습니다.

정____ 많은 사람들에게 '동반성장'이라는 단어가 좀 생소해요. 경제라고 하면 사람들이 어려워해서 힘들었는데, 그래도 보람이 있었어요. 대기업들의 잘못된 관행이나 시각을 바꿔보려고 노력도 쏟았고…… 하여간 일 많이 하고 있습니다(웃음). 앞으로도 경제와 정치, 사회 양극화 해소를 위해 남은 인생을 바칠까 합니다. 그래서 곧 가칭 '동반성장연구소'를 만들어서 본격적으로 활동을 하려고 준비중입니다. 경제학이 효율과 형평을 중시하는 학문인데, 형평에 좀더 무게를 두고 연구와 활동을 해나가려고 합니다. 우리 경제가 오로지 효율만을 추구할 때는 지난 것 같아요. 사회적 형평성에 관심 있는 동료 경제학자들도 힘을 보태려고 준비중입니다.

ohbb_____ 야구도 중소기업들이 참여하기에는 장벽이 참 많습니다. 2군리그를 개방하면 중소 규모의 기업들도 참여해 프로야구팀을 운영하는 노하우를 키울 수 있을 것 같고, 또 기회가 되면 좀더 투자를 해서 1군리그에 진입할 수도 있을 것 같은데요. 야구에도 동반성장이라는 개념이 생겨났으면 하는데 총리님 생각은 어떠세요?

정_____ 글쎄요, 프로야구가 그래도 돈이 들잖아요! 중소기업들이 운영하는 것은 만만치 않을 것 같은데…… 물론 규모 나름이겠지만. 과거에 내가 금호그룹 박삼구 회장에게 프로야구 참여를 수차례 권했던 적이 있는데 부담스러워하더라고요. 오히려 사회인리그를 독립리그로 만들고 지금보다 수준을 높혀서 활성화시키는 데 적극적으로 나서는 게 좋지 않을까요? 2군리그도 운영 자금이 20억 가까이 들어간다고 해요. 만만치 않은 금액이죠. 이렇게 가능한 범위 내에서 인프라를 넓히고 야구 인구를 늘려나가는 노력이 필요해 보입니다.

야구를 쉽게 즐길 수 있도록 야구인들이 많은 노력을 해줬으면

ohbb_____ 많은 야구팬들과 야구인들 사이에서 KBO 차기 총재에 항상 언급되는 것을 알고 계십니까? 언젠가는 꼭 한 번 야구계를 위해서 일해주셔야 할 것 같은데, 끝으로 야구인들과 팬들에게 한마디 해주시죠.

정_____ 야구를 좋아하고 일생 동안 야구를 통해 많은 것을 배웠기 때문에, 꼭 어떤 자리가 아니더라도 야구에 도움이 될 수 있는 일을 하고 싶고 또 그렇게 할 겁니다. 제가 야구 관련 서적도 곧 하나 쓸 계획입니다. 이제 우리도 선진국이 되어가면서 노년에 시간을 보내고 여가를 즐길 수 있는 문화가 필요해요. 야구가 그 역할을 해줬으면 하는 바람이지요. 야구가 종교인 나라가 일본이고, 미국은 생활이라는데 우리는 여전히 스포츠에 머물고 있는 것 같습니다. 국민들이 야구를 좀더 쉽게 즐기고 볼 수 있도록 야구인들이 많은 노력을 해줬으면 합니다. 감사합니다.

야구와 일생을 함께했다고 말하는 전 국무총리 정운찬, 어렸을 때는 동네야구팀의 골목대장, 중학교 때는 한때 정식 야구부원이기도 했고, 고등학교 이후에는 거의 광적인 야구팬으로 살아왔다. 1960년대에는 고교야구와 실업야구를 즐겼고, 미국 유학중이던 70년대에는 메이저리그를 탐닉했으며, 80년대 이후에는 1년에 20여 차례 야구장을 찾아 한국 프로야구를 나름대로 분석해왔다.

'동반성장의 주창자' 경제학자 정운찬, 서울대 총장 재직 시절에는 공부벌레들로 이뤄진 서울대 야구부의 든든한 후견인 노릇을 하며 학원야구의 새로운 모델을 제시하기도 했다. 한국 야구가 가는 길에 확실한 지원군의 역할을 마다하지 않겠다는 그의 야구 사랑이 참 든든하게 느껴진다. 한국 야구계도 정운찬 전 총리의 지적처럼 하루빨리 제10구단 창단과 관련한 소모적인 논쟁과 대립을 중단하고, 야구 발전이라는 공통분모를 위해 무엇이 우선인지를 숙고해 결단을 내려야 할 것이다.

야구인의 패자부활이
가능해야 한다

야구는 인생의 축소판이라는 말이 있다. 대부분의 스포츠는 시간을 정해두고 한다. 그런데 야구는 정해진 시간이 없다. 언젠가 끝난다는 것은 정해져 있지만. 야구는 9회말, 2아웃, 2스트라이크, 3볼 이후에도 어떻게 될지 모른다. 인생도 내일 일을 알 수 없다. 하지만 어느 정도 열심히 하면 예측이 가능하고, 역전도 만회도 가능하다. 패자부활도 가능하고. 인생도 야구도 스릴이 있어 좋다.

어느 일본인의 야구 사랑과 또다른 일본 야구인의 패자부활 인생

나는 일본 야구에 대해 아는 것이 별로 없다. 그러나 일본 야구를 전혀 모르면 야구를 얘기하기 힘들다. 일본은 야구의 역사도 길지만 실력 또한 만만치 않아 일본 야구를 살펴볼 필요가 있다. 하나 확실한 것은 일본인은 야구를 정말 좋아한다는 것이다. 아니 사랑한다는 것이다.

일본 야구는 우리보다 한 수 위인 것 같지만 스케일은 좀 작아 보인다. 선수 스스로가 초반부터 번트를 대질 않나, 큰 점수 차로 앞서고 있으면서도 감독이 번트를 대라고 지시를 하지 않나. 한마디로 철저히 '스몰볼'을 구사한다. 스몰볼의 바탕은 치밀한 수비이다. 일단 수비를 견고히 굳힌 상태에서 승리에 필요한 최소한의 점수를 따내고 이후는 그 점수를 지키기 위해 방비를 더욱 강화한다. 따라서 선취점을 중요시하며 중간계투 및 마무리의 힘이 절대적인 '짠물야구'이다.

이에 반해 미국 야구의 특징인 '빅볼'의 중요한 요소는 파워이다. 타자를 힘으로 눌러 잡을 수 있는 파워피처가 돋보인다. 정교한 제구력을 바탕으로 한 유인구로 타자를 잡는 일본의 투수와는 다르다. 이들은 웬만해서는 번트 작전보다는 강공을 선호하는 화끈한 공격야구를 편다.

한국 야구는 빅볼도 스몰볼도 아니다. 한국이 미국이나 일본에 비해 아직 역사가 짧고 기량도 다소 부족하나 그들과 대등한 경기를 보이는 것은 빅볼, 스몰볼 가리지 않고 최선을 다하기 때문이다.

일본 야구는 한국에 별로 소개되지도 않았고 나 또한 일본 야구에 대해 알고자 열심히 노력하지도 않았다. 일본에서 한국 선수가 활약한 것을 신문이나 방송을 통해 아는 정도였다. 내가 어린 시절에 재일동포 장훈 선수는 끝까지 일본에 귀화하지 않고 한국인의 얼을 지키며 일본 프로야구에서 타격왕을 차지하여 국민들한테 큰 사랑을 받았다. 한국에서 태어나 야구를 배웠지만 일본에 건너가 타격왕까지 차지한 경동고 출신 백인천은 한국 야구의 참으로 자랑스러운 영웅이었다. 어디 그뿐인가. 이승엽은 일본 야구의 간판 요미우리 자이언츠의 4번 타자로 한국인의 자존심을 드높여주었다. 주니치 드래건스의 수호신 선동열, 바람의 아들 이종범도 잘 뛰었다. 임창용도 좋은 마무리투수였다. 지금은 이대호가 한국 야구가 약하지 않음을 성적으로 보여주고 있다. TV방송의 발달로 선동열, 이승엽, 이대호 등의 경기는 대부분 중계되었다. 하지만 왜 그런지 커다란 흥미를 자아내지는 못했다.

내가 일본 야구, 아니 일본의 야구인에 관심을 갖기 시작한 것은 서울대학교 총장 때다. 2004년 봄이었다. 하루는 토요타자동차의 회장 가운데 한 분이 야구광인데 야구를 좋아하는 서울대 총장과 대화를 하고 싶어한다는 연락이 왔다. 물론 '잃어버린 10년'으로 고전하고 있는 일본 경제에 대한 이야기도 나누고 싶어한다고 했다. 당시 토요타가 서울대학교 국제대학원을 도와준 일이 있어 그 보답도 할 겸 만나야겠다고 마음먹었다.

우리들은 서울의 한 한정식 집에서 3시간을 넘게 거의 야구 이야기만 했다. 통역이 있었으니 실제로는 2시간 가까이 이야기를 한

셈이다. 토요타의 후루타 회장은 히토쓰바시대학을 졸업한 경제학
도이기도 했다. 그래서 경제학 이야기가 간간이 나왔다. 우리들은
"따뜻한 가슴과 냉철한 머리warm heart and cool head"를 역설한 앨프
리드 마셜이나 "야성적 충동animal spirits"을 이야기한 존 메이너드
케인스를 들먹이며 오랜 지인처럼 재미있는 시간을 보냈다.

　그러나 대부분은 야구에 관한 이야기였다. 처음 얼마간은 화제
를 찾기 힘들었다. 후루타 회장은 일본 야구에는 정통하지만 한국
야구를 잘 모르고, 나는 한국과 미국 야구는 좋아하지만 일본 야
구는 아는 게 없었기 때문이다. 그러나 곧 개인사를 이야기하며 많
은 공통점을 찾아냈다. 둘 다 야구를 무척 좋아했지만 동네야구 수
준을 넘어 공식 선수로는 뛰지 못해 아쉬워했고, 한국인도 일본인
도 돔구장을 부러워하거나 좋아들 하지만 야구野球는 역시 들野, 즉
실내보다는 밖에서 해야 제격이라고 생각했다.

　그 후 나는 후루타 회장과 여러 번 만나고 교신하며 그의 야구 사
랑에 반해버렸다. 그는 아시키 토시로足木敏郎 씨가 자신의 야구 인생
기 『드래건스의 무대 뒤 인생 57년』을 펴내자 선뜻 150부를 사서 주
변의 친한 이들에게 나누어주었다. 나도 그 책을 받는 기쁨을 맛보
았다. 후루타 회장은 책과 함께 보낸 편지에서 저자 소개를 잊지 않
았다. 그 편지를 이곳에 정리해서 옮겨놓는다. 그가 야구를 얼마나
좋아했나를 알 수 있는 대목이다. 그리고 일본 야구사의 한 단면을
이해할 수도 있다.

인연이란 무엇인가?
─아버지와 나와 아시키 씨와 야구에 관한 이야기

자전거 페달을 밟는 아버지의 심장 고동 소리가 등을 넘어 들렸다. 아버지 등 뒤에 앉은 나의 가슴도 똑같이 힘차게 요동쳤다. "이제 곧 프로야구를 볼 수 있다……"

그 사실만으로도 가슴은 벅찼다. 점점 강해지는 햇살 속으로 빨려 들듯 우리는 기후현의 가카미가하라구장으로 달려갔다. 쇼와 23년, 1948년 봄의 일이었다.

유년기의 어렴풋한 기억이 인생에 깊은 의미를 지닐 때가 있다. 그날 내 눈앞에 펼쳐진 주니치 드래건스와 한신 타이거즈의 일전은 야구와 깊은 인연을 맺게 되는 내 인생의 시발점이었다. 오픈전이라고는 하지만 경기장에는 푸른 배트의 바로 그 아오다가 있었고 면도칼 슛으로 유명한 텐보가 있었다. 주니치에는 구니에다와 무라세가 있었다. 당시의 기억의 조각들을 한 조각씩 끄집어내면 지금도 커다란 퍼즐이 만들어진다. 그 정도로 그 시절의 나는 야구에 매료되어 있었다.

오랫동안 가까이 지내온 아시키 토시로 씨가 이번에 출간한 책이 나에게 도착한 것은 지난 연말이었다. 『드래건스의 무대 뒤 인생 57년』. 책 제목에 빨려들어가듯 순식간에 다 읽었다. 아주 재미있었고, 그리웠다. 지금은 메이저리그, 그리고 과거에는 주니치의 팬이었기 때문에……

주니치 드래건스의 색깔로 물들인 책 띠지를 보는 순간, 60년 전 아버지와 본 푸른 하늘이 겹쳐졌다. 진공관 라디오에 필사적으로 귀를 기울여가며 야구 중계를 듣던 어린 시절, 요미우리 자이언츠의 경기가 있던 고라쿠엔구장에서 우익석에 몸을 조아리고 목소리 높여 응원하던 청년 시절도 생각났다.

이제 머지않아 내 인생도 종착역에 다다른다. 되돌아보면 자동차와 야구의 인생이었다. 기껏해야 야구, 그래도 야구. 야구는 인생을 걸 가치가 있는 스포츠임을 스스로 증명해왔다는 생각도 든다.

중학교, 고등학교, 대학교 시절을 합해 약 10년 동안 1000일 이상을 친구들과 함께 땀을 흘렸다. 잘한다고 말하기는 어려울지 모르겠으나 열심히 했다. 같이 흰 공을 쫓아다니던 그 시절의 친구들이 지금도 매년 나가노의 다테시나에 모여 야구부장이었던 은사를 모신다. 멋지고 훌륭한 동료들 덕택에 오늘을 맞이하고 있는 것이다. 야구가 아니었으면 만나지 못했으리라. 야구에 마음 깊이 감사한다.

그리고 야구 인생을 보다 풍요롭게 해준 아시키 토시로 씨에게도 감사의 인사를 전하고 싶다. 나와 반세기 이상을 교유해온 아시키 씨가 책을 냈다는 소식을 듣고 바로 책을 샀다. 야구를 사랑하는 모든 분들, 주니치 팬이라고 생각하는 모든 분들에게 감사의 인사를 담아 이 책을 드린다. 야구의 전성기 시절에 한 번 더 눈을 돌리고, 야구의 심장 소리가 일본 전역에 울리던 시절에 귀를 기울이다 보면 다음 세대의 야구가 보일지도 모른다.

이왕 이렇게 글을 쓰는 김에 아시키 씨의 인간됨을 소개하고 싶다. 노력하는 인간, 인내하는 인간, 배려 깊은 사람…… 이 모든 것을 다 담을 수는 없지만 한번 읽어보시면 감사하겠다.

〈만남〉

토요타에 들어가서 아시키 씨를 만난 것은 대략 50년 전의 일이다. 어느 날 퇴근해서 집에 가니, 주니치 팬인 내 눈이 의심스러운 상황이 벌어지고 있었다. 아버지와 같이 마작 탁자에 앉아 있는 게 스타 선수인 반도 에이지와 이치에다 슈헤이가 아닌가. 역시 주니치 팬인 아버지와 친한 선수들이었다. 거기에 아시키 씨도 함께 앉아 있었다. 온화한 모습과 미소가 그의 첫인상이었다. 이날을 계기로 아시키 씨는 나의 야구 인생에서 그야말로 VIP, very important person이 되었다. 대학 시절 코치였던 츠치야 토오루(전 주니치 내야수)가 아시키 씨의 상사이기도 해서 우리 사이는 단번에 깊어졌다. 공사를 막론하고 나와 친밀하게 교유해온 구단주들, 호리타 씨, 나카야마 씨, 사토 씨 등을 소개받은 것도 아시키 씨 덕택이었다. 나고야에서 자동차 영업을 하던 나는 대단히 고마운 인연을 얻게 된 것이다.

〈인내하고 노력하는 인간〉

아시키 씨는 세파 분열(센트럴리그와 퍼시픽리그의 분열) 이듬해인 쇼와 26년(1951년)에 주니치에 입단했다. 토요카와고등학교 동기 중에는 7연속 3진의 기록을 가진 이나 선수도 있었다. 그러나 아시키 씨는 운이 나쁘게도 어깨 통증으로 2년 만에 선수생활에 종지부를 찍어야 했다. 뜻도 꿈도 모두 무너졌다. 스무 살의 청년에게는 너무 가혹한 시련이었다. 마음이 얼마나 흔들렸을까?

그러나 낙담 후에는 반드시 희망이 있다. 그 후 아시키 씨의 삶이 더욱 대단해 보인다. 그는 인내와 노력이라는 신념을 골수에 새기고 역풍을 순풍으로 바꾸어나갔다.

우선 그는 야구 용구를 담당하면서 안마사 자격증을 땄다. 그 당시는 아직 트레이너라는 역할이 존재하지도 않던 시절이었다. 요란한 환호 속에 프로 세계에 입문했던 한 선수가 자존심을 접고 야구와의 새로운 접점을 찾아 나선 것이다.

아시키 씨는 속어도 어렵지 않게 알아들을 정도로 영어가 유창한 편이다. 프로 세계의 무대 뒤에서 살아남기 위해서는 자신만의 특기가 많으면 많을 수록 좋을 것이다. 막간의 시간을 이용해 주니치 빌딩 안에 있는 어학원을 다녔다고 하니 머리가 숙여질 따름이다. 시대의 흐름도 그의 편이었다. 쇼와 30년대(1955~1964년)부터는 주니치에도 돈 듀컴, 보비 등 메이저리그 선수들이 바다를 건너 이적

해왔다.

콧대가 높고 제멋대로인 메이저리그 일류 선수들은 누군가가 뒤를 돌봐줘야만 한다. 이 일이 아시키 씨에게 맡겨졌다. 아시키 씨는 운전도 하고, 통역도 하고, 가족들 일까지 돌봐주며 분주하게 뛰었다. 그야말로 실전에서 어학을 연마한 셈이다. 성심성의, 배려 만점에 뒤끝 없는 그의 태도에 메이저리그 선수들도 마음을 열고 친구처럼 대했다. 그들에게 아시키 씨는 트레이너 이상의 중요한 사람이 되었다.

〈특별 표창장〉

사람과의 만남을 무엇보다도 소중히 여기는 사람. 아시키 씨는 한 번 만난 사람의 이름은 절대로 잊지 않는다. 전화번호도 한 번 들으면 모두 암기한다. 구단 관계자, 퇴역 선수들, 경찰, 의사, 기업인 등 아시키 씨와 인연을 맺은 사람들은 참으로 다양하다.

토요타에는 3000대 이상을 판매한 영업사원을 특별 표창하는 제도가 있다. 아시키 씨가 영업사원이었다면 틀림없이 토요타의 명예의 전당에 들어갔을 것이다. 사실 나도 아시키 씨로부터 정말 많은 사람들을 소개받았다. 인생의 폭과 깊이라는 면에서, 그를 통해 만난 많은 사람들은 나의 큰 재산이 되었다.

〈메이저리그 통〉

아시키 씨와 메이저리그를 연결하는 파이프의 굵기는 놀라울 정도이다. 이것 역시 그의 사람됨 덕분이다. 그는 주니치에서 뛴 많은 선수들을 뒤에서 도왔고 그들은 큰 활약을 보였다. 마셜, 모커, 마틴, 브라이언트…… 그들이 미국으로 돌아가면 아시키 씨의 안테나가 되어 귀중한 정보를 주었다. 오클랜드에서 지휘봉을 잡은 모커는 지금도 아시키 씨와 긴밀하게 연락을 주고받는다. 덕분에 주니치는 일본의 타 구단이 여간해서 얻기 어려운 정보를 얻고 있다.

우연한 인연으로 나는 현재 한국의 정운찬 총리와 친하게 지낸다. 서울대학교의 총장을 지낸 분으로 KBO의 고문을 역임하기도 했다. 단지 명사일 뿐만 아니라 야구, 특히 메이저리그에 대해서는 엄청난 관심과 지식을 가진 분이다. 그분과 처음 만났을 때 야구 이야기로 흥이 올라 의기투합하였고, 다음해 그분이 일본 정부 초청으로 방일했을 때 나고야에서 재회하여 식사를 같이 했다.

가난했던 미국 유학 시절에 양키스타디움, 시어스타디움에 야구를 보러 갔다는 말을 들으면서 나 자신도 재수 시절 일요일이면 가미야에서 혼자 싼 값에 야구를 즐기던 추억을 되새겼다. 그 덕에 세 시간이 눈 깜짝할 사이에 지나갔다. 그 정운찬 씨가 작년 9월 한국의 총리로 취임하였다는 소식을 듣고 아시키 씨도 깜짝 놀랐었다.

〈다시 한번 감사를〉

다시 한번, 아시키 씨는 나의 VIP이다. 덕분에 야구인으로 즐거운 인생을 보낼 수 있었다. 진심으로 감사한다. 호시노, 가와우에, 후쿠토메…… 그 누구도 잊을 수 없다. 지금 나는 아쉽게도 주니치 팬이 아니다. 라쿠텐의 팬이 되었다. 서운하기는 하지만 나름의 이유가 있다. 아시키 씨는 알 것이다.

이 책을 다시 읽으며 그리움이 밀려온다. 그리고 생각한다. 타버린 장작에 다시 불씨가 타오를지도 모를 일이라고.

나는 서울대 총장을 마친 후 2006년 가을 일본 외무성 초청으로 도쿄와 교토 방문 후 나고야를 찾아 후루타 회장을 만났다. 그때 동석한 사람 가운데 한 분이 아시키 씨다. 말없는 미소가 일품이었다. 나는 아시키 씨 책에서 일본인의 장인정신을 배웠다. 또한 실제 야구경기에서처럼 패자부활한 아시키 씨는 일본 야구의 산 증인이라고도 생각되었다. 어느 하나에 몰두하며 인생을 바친다는 것은 얼마나 아름다운 일인가. 그것이 야구면 어떻고, 축구면 어떻고, 또 반도체면 어떤가. 또 야구선수면 어떻고, 트레이너면 어떻고, 스카우터면 어떤가. 그를 한없이 존경한다.

에필로그

나는 공이 아니라
희망을 던진다

나는 야구의 꽃은 투수라고 생각한다. 야구에서 승리하는 데 투수가 절대적이라는 점을 강조하려는 것은 아니다. 그보다는 투수가 공을 던지는 그 순간을 좋아하고 사랑한다는 말이다. 어떤 스포츠에서도 고도로 숙련된 자세를 반복적으로 볼 수 있는 일은 흔치 않다. 투수의 폼은 그 투수를 상징한다. 한쪽 다리를 추켜올린 후 상체를 젖혔다가 힘껏 일구를 던지는 일련의 과정은 훈련된 장인의 혼이 담긴 동작을 연상케 한다. 한 명의 투수가 던진 예측불허의 엄청나게 빠른 공의 궤적은 야구라는 스포츠가 만들어낸 하나의 예술이다.

하지만 정작 이 예술작품을 만들어내는 예술가인 투수들의 이야기는 생각보다 심드렁하다. 실제로 선수들을 만나 공을 던질 때 무슨 생각을 하는지 물어보면 특별한 생각이 없다고 한다. 훈련을 통해 숙달된 행동을 반복하는 것 이상의 의미가 없다는 말일까. 그런 가운데 한 선수가 나에게 던진 말이 인상적이었다.

"살려고 던지는 거죠. 안 던지면 죽으니까요."

과연 그렇다. 투수는 공을 던지는 것으로 자신의 존재를 증명한다. 야구 경기는 사실상 투수가 공을 던지는 것으로 시작하고 끝난다. 투수는 기를 쓰고 공을 던지면서 자신이 살아 있음을 경기장 안의 모든 사람에게 무언으로 외친다. 다시 말해 투수가 공을 던지는 한, 설령 그 공이 상대에게 홈런볼이 되었다고 해도 그는 살아 있는 것이다.

투수가 공을 통해 자신을 증명한다면, 내게 이 책은 나를 말하는 한 개의 공이나 다름없다. 책을 마무리하면서 나는 이 책을 읽느라 소중한 시간을 할애한 분들에게 어떤 공을 던졌는가를 생각해본다. 그 공이 직구든 변화구든 그것이 야구와 함께한 내 삶의 종적이자 모두와 함께 더 나은 방향으로 나아가고자 하는 희망의 메시지로 읽혔으면 좋겠다.

국제통화기금에 구제금융을 요청할 정도로 우리 경제가 추락해온 국민이 참담한 실의에 빠져 있을 때, 시속 155킬로미터를 넘나드는 강속구를 뿌리며 메이저리그에서 승리를 따내던 박찬호 선수의 두둑한 배짱이 떠오른다. 충청도 시골 촌놈이 낯설고 물선 서울에 올라와 지독한 외로움을 느낄 때에도, 찢어지게 가난한 현실과 불투명한 미래 때문에 답답할 때에도 야구는 내 곁을 지키는 동반자이자 숨통을 틔워준 돌파구였다. 그래서 나는 사람들에게 야구를 통해 희망과 미래를 이야기하고 싶었다.

더불어 인생이 너무도 크고 방만한 나머지 맺고 풀기가 어려워 자신의 삶을 쉬이 꺼내지 못하는 이들에게 이 책이 도움이 되었으면 한다. 그래서 야구 이야기가 하나의 방향추가 될 수 있다는 증거로 자리매김하기를 바란다. 스포츠는 마치 날씨와 같이 부담 없는 대화거리이다. 야구 역사가 오랜 미국에서는 이미 그런 문화가 형성되어 있어 야구를 통해 자신을 표현하고 남과 소통하는 데 익숙하다. 우리의 야구 문화 또한 이제는 충분히 그런 수준에 이르렀다고 생각한다.

나는 그동안 야구장에서나 TV 중계를 보며 내가 사랑하는 팀과 선수들을 응원하며 나 혼자 야구를 짝사랑했다고 생각했다. 그러나 이 책을 쓰면서 돌아보니 내가 실의에 빠졌을 때, 참담했던 때, 그리고 답을 몰라 당혹스럽던 순간에 야구야말로 내게 다시 일어서라고, 심호흡하고 어깨를 펴고 다시 공을 던져보라고 격려해준 응원군이었다.

야구를 사랑하는 내 인생의 행로는 이것으로 끝나지 않을 것이다. 야구가 있었기에 행복했고 야구를 사랑했기에 내 삶도 사랑할 수 있었다. 행복을 위해, 희망을 위해 나의 야구 예찬은 계속된다.

野球禮讚

정운찬-김민아의
베이스볼 대담

대담 일시: 2013년 8월 6일 오후 2시
장소: 동반성장연구소
대담 정리: 휴먼큐브 편집부

가는 날이 장날이라고 했던가요. 정운찬 교수님과 김민아 아나운서의 야구 대담이 있던 이날은 그야말로 하늘에 구멍이 뚫린 듯 폭우가 쏟아졌습니다. 뜻하지 않게 날씨가 너무 좋지 않아서 대담을 연기할까도 생각해봤지만 대담자 두 분의 야구에 대한 열정은 궂은 날씨도 어쩌지 못했습니다. 야구장 밖에서 뜨거운 야구 열기를 느껴보시기 바랍니다.

김민아 아나운서(이하 김)____ 안녕하세요, 교수님. 종종 야구 중계 카메라에 응원하시는 모습이 잡히곤 해서 교수님의 야구에 대한 사랑과 열정은 익히 알고 있었습니다. 우선 『야구예찬』 출간을 진심으로 축하드립니다. 오늘 교수님과 나눌 대화를 통해 독자분들이 교수님의 야구에 관한 생각을 조금 더 친밀하게 느낄 수 있었으면 하는 바람입니다.

정운찬 교수(이하 정)＿＿ 네, 저도 야구팬들에게 '야구여신'이라 불리는 김민아 아나운서와 야구 이야기를 하게 돼 매우 기쁩니다. 매일 야구경기가 끝나면 야구 하이라이트 프로그램을 노련하게 진행하는 김 아나운서를 보면서 감탄할 때가 많았습니다. 모쪼록 제 부족한 야구 지식을 채워주시는 시간이 됐으면 합니다.

김＿＿ 교수님은 야구 마니아로서 야구장을 자주 가시는 것으로 압니다. 야구경기를 관람할 때 개인적으로 선호하시는 자리나 명당 자리를 추천해주신다면 어디가 있을까요?

정＿＿ 가급적 중앙에 가까운 자리를 선호합니다. 저는 게임 상황을 놓치지 않고 집중해서 생각하며 보는 편입니다. 그래서 중앙에서 먼 응원석 쪽은 좋아하지 않습니다. 아무래도 시끄러워 집중에 방해되니까요. 덧붙이면 관중 개개인마다 호불호가 있겠지만 요즘 야구장은 너무 시끄럽지 않나 생각합니다. 물론 젊은 사람들이 열정적으로 응원하는 모습은 보기 좋지만 조용히 야구 그 자체를 즐기려는 사람들의 취향도 존중해야 한다고 생각합니다. 그리고 치어리더의 복장이나 몸짓이 지나치게 선정적이지 않나 하는 걱정도 듭니다. 이제는 가족 단위의 야구팬들도 많아져서 어린이나 청소년들도 야구장을 많이 찾는데 이 점은 조금 더 고민해보고 다양한 사람들의 목소리에도 귀 기울일 시점이 아닌가 싶습니다.

김＿＿ 이제부터 본격적으로 야구 관련 질문을 드리겠습니다. 만약 야구 감독이 되신다면 어떤 전략을 쓰실 생각인가요. 예를 들어 빅볼, 스몰볼 등 다양한 작전들이 있는데요.

정____ 빅볼이건 스몰볼이건 우선 '이기는 야구'를 하고 싶습니다. 물론 이기는 것만을 목적으로 야구 발전에 해를 끼치면서까지는 아닙니다. 점수 차가 크게 나고 있는 상황에서 번트나 도루를 하는 것은 장기적으로 야구 발전에 도움이 되지 않는다고 생각합니다. 단기적으로는 이기는 야구를 추구하면서 장기적으로는 야구 발전과 흥행에 도움이 되는 야구 스타일을 선보이고 싶습니다. 또한 작전을 너무 많이 써서 경기 시간이 길어져 야구를 보는 팬들을 지치게 하는 게임은 하고 싶지 않습니다. 어디까지나 팬의 입장에서 다소 이상적으로 드리는 말씀이지만, 두 마리 토끼를 한꺼번에 잡고 싶습니다.

김____ 교수님이 구단주라면 꼭 데려오고 싶은 선수는 누구인가요?
정____ 팬의 입장에서 투수력이 떨어지는 두산 베어스의 사정을 고려해 NC 다이노스의 첫 승, 첫 선발승, 첫 완봉승 등 역사를 쓰고 있는 이재학 선수를 투수로 데려오고 싶습니다. 이재학 선수가 두산 베어스 출신이기도 하고요. 타자로는 잠실구장이 큰 사정도 있지만 홈런타자가 부족하므로 홈런을 쳐줄 수 있는 타자를 선호합니다. 우동수(타이론 우즈-김동주-심정수) 트리오 시절이 그립기도 하고요. 최형우, 박병호 등의 홈런타자를 데려오고 싶습니다.

김____ 아마추어는 팀워크가 좋아야 승리를 거두고, 프로는 승리를 해야 팀워크가 좋아진다는 이야기가 있습니다. 이기는 야구의

대담중인 김민아 아나운서와 정운찬 교수

핵심은 무엇이라고 생각하시나요?

정____ 이기는 야구의 밝은 면을 말씀하신 것 같네요. 이기기 위해서 선수를 혹사시키고 무리한 작전을 강행하는 것은 이기는 야구의 어두운 면이기도 합니다. 예를 들어 만년 허리 통증에 시달리는 박철순 투수를 상대로 번트를 댄 것 등은 아무리 적의 약점을 공략하는 것이 승부의 기본이라고는 하지만 지나치다고 생각합니다. 무엇보다 야구팬들을 위해서 재미있는 게임, 정정당당한 게임을 보여주는 것을 기본으로 하되 거기에 이기는 야구가 더해진다면 좋지 않을까요.

김____ 이제까지 수많은 야구경기를 관람하셨는데요. 기억에 가장 남는 한국 프로야구 경기를 꼽으신다면 어떤 경기가 있을까요?

226

정____ OB 베어스(현 두산 베어스)의 원년 우승 장면이 여전히 뇌리에 강렬하게 남아 있습니다. 한국시리즈 MVP 김유동이 최종전에서 친 만루홈런은 정말로 짜릿하고 드라마틱했죠.

김____ 과거에 보셨던 야구와 지금의 야구를 비교한다면 무엇이 가장 바뀌었다고 생각하세요?

정____ '수비 능력'이라고 생각합니다. 물론 현재 투수들이 더 빠른 공을 던지고, 타자들은 웨이트트레이닝을 많이 해서 신체 조건이 좋아지고 힘이 세지기도 했지요. 해가 갈수록 던지고 치는 능력은 더욱 좋아질 것입니다. 그럼에도 우리 선수들의 수비 능력이 가장 눈에 띕니다. 수비가 좋지 않으면 절대로 상대방을 이길 수 없지요. WBC에서 박진만 선수의 유격수 수비는 메이저리그 선수들과 당당히 어깨를 나란히 했지요. 제가 좋아하는 두산의 손시헌 선수도 그렇고 요즘은 내야, 외야를 가리지 않고 한국 프로야구 선수들의 수비 수준이 과거에 비해 월등히 좋아졌다고 봅니다.

김____ 두산팬으로서 교수님이 기억하는 두산 베어스의 가장 멋진 모습은 무엇일까요?

정____ 두산 베어스의 마스코트가 '곰'이지 않습니까? 원년 우승 때부터 두산 베어스 하면 끈기와 뚝심, 뒷심이 좋은 팀이라는 이미지가 강했습니다. 제가 좋아하는 이미지이지요. 또 다른 구단보다 2군 선수 육성에 많은 투자를 하는 모습이 멋지고 현명하다고 생각합니다. 2군 선수 육성은 단기간에 표가 안 나는 일이라 소홀한 구단도 많거든요. 그래서 현재 두산 베어스는 9개 구단 중 가장 두터운 선수층을 자랑하고 있지요. 두산 베어스를 응원하는 팬으로서 다른 팀보다 선수 연봉이 적은 것은 조금 아쉬운 부분입니다.

김___ 최근 국내 프로야구 수준이 떨어졌다고 걱정하는 분들이 많습니다. 이에 동감하시는지요?

정___ 글쎄요, 아마도 점수가 너무 많이 나기 때문에 그런 이야기들이 나오는 것 같습니다. 그러나 한편으로는 투수에 대한 분석이 갈수록 정교해지고 세밀해지고 있습니다. 김민아 아나운서도 잘 아시겠지만 중계방송에서 슬로모션으로 투구 모습을 보여주고, 에스존 등을 통해 투수가 던지는 방향을 분석하는 일이 과거보다 쉬워졌죠. 그래서 아무래도 타자들이 조금 더 유리해지는 것이 아닌가 생각했습니다. 점수가 많이 나는 것은 실책 때문일 수는 있겠지만 프로야구 수준이 떨어졌다고는 생각하지 않습니다.

김___ 현직 감독들 중에 가장 능력 있다고 생각하시는 감독은 누구인가요?

정___ 조금 민감한 질문이네요(하하하). 제가 개인적으로 친한 감독, 선수 들이 많습니다. 누구를 칭하면 다른 이는 서운해할 수도 있습니다. 야구만 따질 게 아니라 애국심이 뛰어난 김인식 감독을 우선 꼽고 싶습니다. WBC 때 개인적으로나 소속팀에 부담이 될 수 있는 국가대표 감독 자리를 많은 야구인들이 고사했는데, 몸이 건강하지 않은데도 감독직을 수락하고 좋은 성적을 내서 야구가 국민

스포츠가 되는 데 크게 기여하신 분이지요.

김____ 현역 선수들 중 저평가된 선수나 눈여겨보신 숨은 알짜배기 선수가 있을까요?

정____ 제가 아무래도 두산 베어스 팬이다보니 두산 선수 중에 눈에 띄는 선수가 많습니다. 군 제대 후 중간계투진에서 좋은 성적을 내고 있는 오현택, 역시 군 제대 후 두산의 좌투수 기근을 해소해주고 있는 유희관 선수가 먼저 떠오르네요. 이런 선수들이 아직은 누구나 다 아는 스타는 아니지만 지금처럼 꾸준히 노력한다면 한국 야구계의 대들보 역할을 해줄 수 있다고 생각합니다.

김____ 다른 스포츠가 주지 못하는 야구만의 매력이 무엇이라고 생각하시나요?

정____ 다른 스포츠는 공이 들어가야 점수가 나는데, 야구는 홈베이스(집)로 사람이 들어와야 점수가 나고 이기는 휴머니즘이 있다고 봅니다. 끝날 때까진 끝난 것이 아니기도 하고요, 9회말 2아웃 2스트라이크까지 봐야 하지 않습니까? 야구를 보면서 인생사 새옹지마란 것을 절실히 느끼곤 합니다.

김____ 야구선수들이 지켜줬으면 하는 필수 원칙이나 신념은 무엇일까요?

정____ 무엇보다 공정한 플레이입니다. 공격을 할 때, 수비를 할 때 선수들끼리 플레이하고 그치는 게 아닙니다. 남녀노소 가릴 것 없

대담 후 김민아 아나운서와 정운찬 교수

이 수많은 팬들이 지켜보고 함께 희로애락을 느낍니다. 그렇기에 선수들이 공정한 플레이를 펼쳤으면 하는 바람입니다. 그리고 개인적으로 선수들에게 당부하고 싶은 것은 끊임없는 연습과 노력입니다. 특히 프로야구는 아마추어가 아닌 프로선수가 하는 경기이니만큼 관중들에게 최고의 플레이, 멋진 모습을 보여주어야 합니다. 그게 프로로서 가져야 할 기본 자세라고 생각합니다.

1시간 30분 동안 야구에 관해 뜨거운 이야기가 오고 갔습니다. 야구팬들 사이에서 '야구여신'으로 불리는 김민아 아나운서는 야구 프로그램 〈베이스볼 투나잇 '야'〉에서처럼 매끄러운 진행과 야구 지식으로 정운찬 교수님을 놀라게 했습니다. 정운찬 교수님 역시 야구 이야기를 마음껏 나눌 수 있는 사람이 별로 없었는데 기쁘다

230

고 하시면서 시종일관 미소를 잃지 않으셨습니다. 야구 프로그램 아나운서와 학자지만 누구보다 야구를 사랑하는 두 분의 만남은 그래서 더 색다르고 즐거운 시간이 아니었나 생각합니다. 한정된 시간 동안 야구라는 큰 주제를 다룬 이날의 대담은 기쁜 만큼 아쉬움도 남겼지만 다음을 기약하며 훈훈하게 마무리됐습니다.

야구예찬

ⓒ정운찬 2013

1판 1쇄 2013년 10월 23일
1판 8쇄 2023년 5월 19일

지은이 정운찬
펴낸이 황상욱

기획 황상욱 **편집** 황상욱
디자인 백주영 **마케팅** 윤해승 장동철 윤두열 양준철
경영지원 황지욱 **제작처** 영신사

펴낸곳 (주)휴먼큐브
출판등록 2015년 7월 24일 제406-2015-000096호

주소 03997 서울특별시 마포구 월드컵로 14길 61 2층
문의전화 02-2039-9462(편집) 02-2039-9463(마케팅) 02-2039-9460(팩스)
전자우편 yun@humancube.kr

ISBN 978-89-546-2270-7   03810

인스타그램 @humancube_group **페이스북** fb.com/humancube44